suhrkamp taschenbuch 3063

W0231136

Paul Nizon
Taubenfraß

Suhrkamp

Umschlagfoto: Sven Paustian

suhrkamp taschenbuch 3063
Erste Auflage 1999
© dieser Zusammenstellung Suhrkamp Verlag Frankfurt am Main 1999
Suhrkamp Taschenbuch Verlag
Alle Rechte vorbehalten, insbesondere das der Übersetzung,
des öffentlichen Vortrags sowie
der Übertragung durch Rundfunk und Fernsehen,
auch einzelner Teile.
Kein Teil des Werkes darf in irgendeiner Form
(durch Fotografie, Mikrofilm oder andere Verfahren)
ohne schriftliche Genehmigung des Verlages reproduziert
oder unter Verwendung elektronischer Systeme
verarbeitet, vervielfältigt oder verbreitet werden.
Satz: Hümmer GmbH, Waldbüttelbrunn
Druck: Nomos Verlagsgesellschaft, Baden-Baden
Umschlag nach Entwürfen von
Willy Fleckhaus und Rolf Staudt
Printed in Germany

1 2 3 4 5 6 – 05 04 03 02 01 00

Inhalt

Der ferne Vater

Ein Gespräch über Väterbilder und Meisterfiguren
mit Heinz-Norbert Jocks

Es kommt mir so vor, als kämen Männer und Väter in Ihrer Literatur weniger vor als Frauen und Mütter. Woran liegt das?

Ich stocke ein bißchen, weil ich nicht weiß, ob das stimmt. Wenn, dann hat es damit zu tun, daß ich meinen Vater schon als Zwölfjähriger verloren habe. Zudem war er von meinem sechsten Lebensjahr an gelähmt. Ein gelähmter Mann im Bett, der von Zeit von Zeit auf- und auf den Stock gestützt sinnend am Fenster stand und mir weder Vater noch Partner war. Sehr wenig Gespräch. Von Führung keine Spur. Auch keine Strafen. Ich kann mich erinnern, daß ich ihn als kleiner Bub, um endlich einmal in den Genuß einer Ohrfeige zu gelangen, einen ganzen Nachmittag lang systematisch geärgert habe. Damals wurden Kinder von ihren Vätern geohrfeigt, sie konnten auch von irgendwelchen Erwachsenen auf der Straße gezüchtigt werden. Bei mir war das nie der Fall. Ich empfand es als ein Manko, wenn nicht als Liebesentzug. Dafür gab es einen Vaterersatz in Gestalt unseres Hausburschen. Ihm widmete ich übrigens in meinem Buch *Im Hause enden die Geschichten* ein ganzes Kapitel. Die Väter in dem Haus, wo ich bis zum Abitur lebte, waren auch nicht gerade Vorbilder. Abwesende Väter, wenn nicht darbende wie der mysteriös kranke Künstler, Komponist und Musiker, mit dem meine Schwester zu tun hatte. Er kommt sowohl in meinem *Haus*-Buch als auch in meinem letzten Text *Hund. Beichte am Mittag* vor. Ein abschreckendes Beispiel. Die Männer meiner Kindheit sind Tunichtgute, Quasselbrüder, Raucher und Nichtsnutze, während die Mütter Heldinnen der Arbeit sind, die den ganzen Lebenskampf bestreiten. Soviel zum Punkt der Prägung. Außerdem gibt es die beiden Onkels, übrigens ebenfalls negativ besetzte Väterbilder.

Warum?

Der eine ist ein Spaßmacher, ein kleiner Lebemann, der sogar einige Jahre von seiner Familie verstoßen wurde. Ein Sprücheklopfer, der, nachdem er in die Familie zurückgefunden hatte, als eidgenössischer Beamter noch lange eher dekorativ dahinlebte. Der andere war der reiche Onkel Alois aus meinem *Jahr der Liebe*. Er war eine fatale Mischung aus Sektierer und Materialist, ein großverdienender Drogist. Er hatte einen pharmazeutischen Betrieb auf dem Lande, fuhr große amerikanische Wagen, führte hochtrabende Reden und war alles andere als eine Persönlichkeit. Die Persönlichkeit war der Vater, und ich habe das Vakuum dieser Vaterfigur mit Idealvorstellungen vollgestopft. Ihn haben nicht viele gekannt. Im Grunde blieb er bis zuletzt der Fremde und war insofern prägend für mich. Ein nicht integrierter Immigrant, der sich kraft seiner Begabung, seiner Geistes- und Seelenkräfte gewissermaßen selbst hervorgebracht hat. In meinen Augen hat er etwas Unverkennbares auf die Beine gestellt oder doch intendiert, und zwar nicht nur ein Forschungslaboratorium, sondern ein ganzes Heilsystem mit einem weiten Spektrum von Erfindungen im Medikamentenbereich. Durch seine Krankheit und den frühen Tod blieb ihm wenig Zeit zur kommerziellen Realisierung seiner Vorhaben, doch meine ich mich erinnern zu können, daß in meinem Kleinkindesalter Bankiers bei uns ein- und ausgingen, offenbar erschien ihnen Vaters Unternehmen als investitionswürdig. Das Unternehmen hieß Nisoflorgesellschaft oder so ähnlich. Wir lebten damals für kurze Zeit auch auf verhältnismäßig großem Fuße. Mein reicher Onkel hätte sich gerne mit Vater zusammengetan, um dessen Erfindungen in seinem pharmazeutischen Betrieb zu produzieren. Er sagte mir bei viel späterer Gelegenheit einmal, wir wären

Millionäre geworden, wenn dem so gewesen wäre. In der Familie hieß es, Vater habe den Onkel eine Krämerseele genannt und eine Zusammenarbeit abgelehnt. Mein Vater war eine verschwenderische Natur, ich fand beim Liquidieren seiner Etage in seinen Schränken beispielsweise ganze Armaturen riesengroßer Kleberollen. Noch auf seinem Krankenbett bestellte er für sich telefonisch nicht etwa hundert Gramm, sondern fünf Kilo Bonbons für den Eigenbedarf, worüber er laut lachen mußte. Er hatte Humor. Übrigens produzierte er in gesunden Tagen selber auch Bonbons, zum Vergnügen, in Tannenknospenform, eingewickelt in rosa, blaue und rote Papierchen. Davon trug er immer ein paar sackwarme in seiner Hosentasche, die er uns Kindern zusteckte. Vermutlich habe ich meinen Vater schrecklich geliebt, er war ja weder Konkurrenz noch Übervater. Im Gegensatz zu Kafkas *Brief an den Vater* ist mein *Canto* ein Liebesbrief an den abwesenden Vater.

Er war Doktor der Chemie, nicht wahr?

Ja, er war studierter Chemiker, ein Herr Doktor, ein Titel, der mich als Kind immer verwirrte; doch verquickte er die Wissenschaft mit Naturheilkunde und anderweitigen unorthodoxen Methoden. Sein Forschungsprogramm reichte von der Hygiene über die Ernährung bis zur Krankheitsbekämpfung, er promovierte zu Anfang des Jahrhunderts über die Entgiftung des Erdbodens. In seiner Hinterlassenschaft fanden sich Hinweise auf Zusammenarbeit mit Universitätsinstitutionen hinsichtlich seiner Erfindungen. Es gab auch eine reale Zusammenarbeit mit Albert Schweitzer in Lambarene, wo seine Methode der Lupusbekämpfung Anwendung fand. Es gab aber auch Verhandlungen mit der schweizerischen Regierung über eine synthetische Kohle während des Krieges. Es gab wohl auch allerlei wissenschaftlich Unorthodoxes, die Pflanzenheilkunde spielte wie gesagt eine Rolle. Es gab die besagten Bonbons und sogar Parfüms. Er interessierte sich, wie mir scheint, in erster Linie für die Erhaltung der Gesundheit und dann für Krankheitsvorbeugung, erst danach für Krankheit. Er war eine Heilerpersönlichkeit von Natur. Vor allem war er Alleinunternehmer, und er war produktiv, ich würde sagen: schöpferisch. »Er ist der genialste Mann, dem ich zeitlebens begegnet bin«, sagte mir um die Maturazeit herum ein Künstler, ein imponierender phantastischer Maler, der zu Anfang des Jahrhunderts zu den Münchner Künstlerkreisen gehört hatte und, denkt man an Rilke und George und ähnliche Kaliber des damaligen München, aus Erfahrung sprechen mußte. Der Maler zählte, wie sich herausstellte, zu den ganz wenigen näheren Bekannten meines weitgehend isolierten Vaters. Sein Wort war Balsam für meine damalige Wunde der Vatervakanz.

Nun kam Ihr Vater aus Rußland. Warum ging er in die Schweiz?

Ich weiß herzlich wenig darüber. Er kam vor der Revolution, um nicht in die zaristische Armee eintreten zu müssen, hieß es. Er war sozusagen als ein von Familienangehörigen unterstützter Deserteur ins Ausland, über Berlin in die Schweiz, gekommen, wo er studiert und sich bei seiner Schlummermutter eingeheiratet hatte. Ich bin quasi das Produkt der Einmietung eines hergelaufenen Fremdlings in Bern.

Was bedeutet Ihnen das Russische Ihrer Herkunft?

Sehr früh das Heimische, das Angestammte beargwöhnend, reklamierte ich mich als Ableger des väterlichen Erbes, obwohl ich von der russischen Seite meines Vaters so gut wie nichts wußte. Er sprach ein mehr oder weniger gebrochenes Hochdeutsch mit uns. Der russische Hintergrund verschmolz mit der frühen Liebe zur russischen Literatur. Das war alles eins.

An welche Schriftsteller denken Sie?

Ich denke an die großen Erzähler des 19. und 20. Jahrhunderts wie Puschkin, Lermontow, Gogol, Tolstoj, Tsche-

chow, Gontscharow natürlich, an Bulgakow, Babel, Piln-
jak, Mandelstam, Pasternak, Nabokov etc.

Was macht deren gemeinsamer Nenner aus?

Die »russische Seele«. Das Numinose. Die Leidenssucht. Die
ganze Tastatur des Gefühlsüberschwangs. Das Nebenein-
ander von Grausamkeit und Höhenflug. Das wunderbare
Personenregister. Die Landschaft. Die Fülle. Maßlosigkeit.
Die andere Geistigkeit. Alles, was von mir als Anderssein
zur schweizerischen oder deutschen Mentalität empfunden
wurde, kommt wohl von daher, vom Slawischen. In Gesellschaft von slawischen Menschen lebe ich auf. Die innere
Option für die väterliche Herkunft war natürlich auch ein
Grund für meine Schwierigkeit mit dem Schweizerischen.
Mir war ja nie ganz wohl, da wo ich geboren und aufgewachsen bin. Wenn meine Schwester und ich als Schulkinder
aus den französischen, bei der Tante in Paris verbrachten
Ferien heimkehrten, weinten wir, weil wir zurück mußten.
Bei uns gab es nichts von Heimatseligkeit. Das Fremdlings-
gefühl, das Optieren für ein anderes Land und damit wohl
für eine Utopie prägt sowohl meine Literatur wie mein Lebensgefühl. Sie beinhaltet die große Erwartung und den
Traum von einem Leben, das in gewaltigen Ausschlägen
stattfinden sollte und in dem alles viel großartiger, mensch-
licher und orgelnder zugeht als im Kleinmaschigen. Die
Zurückweisung eines nur mittelmäßigen, unterwürfigen,
kleinbürgerlichen Lebens.

Nun heißen Ihre Kinder Valentin, Valerie, Boris und
Igor.

Ja, sie tragen alle in Rußland heimische Namen. Der Boris,
der zur Welt kam, als ich *Canto* publizierte, heißt Boris Kasimir, übrigens nach Kasimir Malewitsch. Die beiden ersten
Kinder nannte ich ganz unschuldig und ohne Seitenblick auf
die väterliche Herkunft Valentin und Valerie. Erst später fiel
mir auf, daß es auch russische Namen sind. Die damalige
Option war so, als existierte das Schweizerische überhaupt

nicht, während ich heute viel stärker das mütterliche Erbe ins Auge fasse. Die Großeltern oder Urgroßeltern mütterlicherseits waren noch mit dem Lande verwurzelt. Das ist das zähe, vitale Elemént, vermutlich.

Welche Erinnerung haben Sie an Ihres Vaters Labor?

Es war für mich eine Glücksinsel. Wenn ich als kleiner Kerl meinen Vater besuchte, der früh aufstand, in seine Etage hochstieg, sich dort nochmals auf seinen Diwan legte, dann sah ich ihn entweder, wie er sich an seinem Lavabo prustend das Gesicht wusch oder sitzend an seinem Schreibtisch mit vielen Zetteln. Auf den Bunsenbrennern köchelte es, und überall standen Laborgeräte herum. Die Gegend des Vaters war, nicht zuletzt wegen der Pflanzenheilkunde, ein einziger Wohlgeruch.

Übrigens traf ich dieses unkonventionelle Vor-sich-hin-Forschen und -Fabrizieren später in der Person eines Arzt-Freundes aus München wieder, der eine Doktorarbeit über die psychischen Anteile bei Lebererkrankungen geschrieben und sich später auf Wirbelprobleme spezialisiert hatte. Er hatte sein Studium als Heil- und Chiropraktiker finanziert und kombinierte westliche Medizin mit Volksheilverfahren, denen er in Afrika, Indien und sonstwo nachgegangen war. Jedenfalls verkörperte er für mich in vielem das System meines Vaters. Mit diesem unkonventionellen Mediziner verband mich bis zu seinem Tod eine große Freundschaft. Übrigens müßte diese Option fürs Heilen in meinem eigenen Denken und Schreiben irgendwelche Spuren hinterlassen haben.

Vielleicht noch mehr Erinnerungen an das väterliche Labor!

Das Labor war ein Sammelsurium, ein Bastard oder Verschnitt zwischen improvisierter Teufelsküche und wissenschaftlichen Apparaturen. Was mich beglückte, wenn ich in diese Hexenküche einkehrte, war die Aura der Unabhängigkeit eines seine Dinge lustvoll und frei praktizierenden Mannes. Außerdem fand ich meinen Vater, gekleidet mit Weste, Krawatte und Hemd und darüber noch mit einem weißen Labormantel, auch schön. Sagen wir, er stellte für mich das früheste Bild einer schöpferischen Tätigkeit dar. Aus eigenen Vorstellungen lebend. Die Ideen umsetzend in Praxis und gipfelnd in Produkten, die sowohl verkäufliche Produkte als auch Heilstoffe waren. Es gab nichts Zerstörerisches und auch nichts Dämonisches in der geistigen Ausstrahlung meines Vaters.

Haben Sie ihn bei seiner Arbeit beobachtet?

Nein, dazu war ich noch zu klein. Alles, was ich sah, war wohl weniger konkret, als wenn mein jetziger, neunjähriger, bereits ein bißchen lesender Sohn mich beim Tippen an der Schreibmaschine antrifft. Das Laboratorium des Vaters war für mich die männliche Form einer Küche, in der aus irgendwelchen Kräutern und Pflanzen zu Heilzwecken gewonnene Essenzen köchelten. Dieses Essenz-Denken ist auch für meine Arbeit wichtig, weshalb ich mich auch als Essenz-Dichter bezeichne. In Französisch habe ich einmal gesagt: Je suis une pompe à essence. *Essence* heißt hierzulande auch *Benzin*. Diese Obsession des Essentiellen kommt von meinem Vater her. Es war Glück, es war Freiheit und der Sieg des Geistes über die Materie.

In der Art, wie Sie Ihren Vater beschreiben, hat er etwas von einem Künstlertypus.

Zwischen Forscher und Künstler sind die Übergänge fließend, denn der Forscher ist Schöpfer von etwas. Eben kein Untermieter des Lebens, kein Sklave und auch kein Befehlsempfänger. Die anderen Väter sah ich morgens aus den Häusern in die Trambahn steigen und abends wieder heimkehren. Wo waren sie bloß tagsüber gewesen? Sie waren nicht da, sondern wurden in kleinen Zellen eingesperrt und dann in die Freiheit entlassen. Dahingegen war mein Vater, wenn er arbeitete, in der Freiheit, aber in einer genutzten.

Sie sind stolz auf ihn, obwohl er so abwesend war?

Ich bin stolz auf ihn und war als kleiner Kerl neben anderem wohl überzeugt, einen wunderbaren oder doch besonderen Vater zu haben, der weder eine mittelmäßige Figur noch ein brutaler Hund war, sondern ein feiner, geistiger, vornehmer Mensch. Eine noble, dabei aus tiefstem Grunde bescheidene Erscheinung, nicht hochfahrend und ohne Verachtung.

War Ihnen bewußt, als Sie 50 wurden, daß Ihr Vater in dem Alter gestorben ist?

Es war mir schon bewußt. Aber ich muß unterstreichen, daß ich eigentlich vaterlos aufgewachsen bin. Ich erinnere mich an nur wenige wirkliche Kontakte. So, daß ich ihn als kleiner Bursche auf der Straße antraf, als er seinen Wagen in die nicht beim Haus, sondern anderswo im Viertel gelegene Garage fuhr. Dann gingen wir zusammen Hand in Hand nach Hause. Dieses Hand-in-Hand-Gehen ist mir als etwas Kostbares in Erinnerung geblieben, woraus ich schließe, daß es sehr selten vorkam. Ich hatte einen fernen Vater. Wie er dann starb, empfand ich keinen erkenntlichen Schmerz. Aber ich wurde von Stund an unfähig, in der Schule mitzuhalten, weshalb ich das Schuljahr repetieren mußte. Es war der totale Ausfall meiner Lernfähigkeit. Andererseits konnte ich als Wildwuchs machen, was ich wollte, und war sehr früh in der Familie der Mann im Hause.

Wie definieren Sie männlich?

Als Eintreten in die Lücke des verlorenen Vaters. Zum Beispiel habe ich um die Abiturszeit herum unsere Familienpension aufgelöst. Als mir klar geworden war, daß sich diese schon seit langem nicht mehr rentierte und wir verschuldet waren, sagte ich meiner Mutter, es ginge nicht so weiter. Ich löste alles auf und verkaufte auch das Mobiliar. Weg mit der Ware. Ich löste die zwei Stockwerke auf und verkaufte sogar den Namen der Pension an den Nachfolger. Als Gymnasiast solche Familienentscheidungen zu treffen, zeigt, daß es niemanden über mir gab. Meine Schwester, die an ihrem Klavier hing, interessierte sich nicht für solch Praktisches, sie war diesbezüglich unzugänglich.

Nun sind Sie mehrfacher Vater mit unterschiedlichen Müttern. Worin besteht der Unterschied zwischen früher und heutiger Vaterschaft?

Erstmals Vater geworden mit wenig über 20 war ich wohl wahnsinnig egoistisch. Von allen Furien gejagt. Mit einer in mir rumorenden Leidenschaft für die Literatur und einem gewaltigen Lebenshunger, aber mit nichts in der Hand und von Zweifeln geplagt, ob meine Ausrichtung wohl eine Illusion sei. Und das, obwohl ich seit meinem 16. Lebensjahr nicht anderes als Dichter werden wollte. Es ging mir damals um das Sichmausern aus einer bürgerlichen Welt in die Statur eines Künstlermenschen, und diese Vorgänge waren mit viel Eigennutz, vor allem mit Unruhe verbunden. Ich war ein ungeduldiger und sehr verzweifelter Vater, weil die Kinder mir die braven Vorstellungen anderer Väter und die bürgerlichen wie kleinbürgerlichen Ansichten von Familie ins Haus brachten. Was Familie sein sollte, davon hatte ich im Grunde keine Ahnung, mangels Erfahrung, und ich überschüttete die Kinder mitunter mit Zornanfällen und Wutausbrüchen und machte alles herunter, nieder und verächtlich. In der Beziehung war ich wohl schrecklich, ich bereue es, während ich heute ein bißchen anders, geduldiger, wenn auch noch nicht genügend disponibel bin für das Kind. Meine Kinder hatten einesteils zuviel Vater. Ich überforderte sie.

Was bedeutet Ihnen das Erleben Ihrer Kinder als Kinder? Vermutlich erlebt man über sie die eigene Kindschaft und deren Verlust wieder, oder?

Merkwürdigerweise überhaupt nicht. Ich habe immer gedacht, ich sei sehr unglücklich aufgewachsen. Aber heute denke ich, daß ich zusammen mit meiner Schwester in einer kokonartigen, selbsterfundenen, mehr und mehr von Kunst und Literatur imprägnierten, monadischen Welt der Empfindungen und Höhenflüge aufgehoben und abgekapselt lebte. Sie war herrlich, und etwas Vergleichbares sehe ich im Rückblick bei meinen Kindern nicht. Mich zurückversetzend, denke ich oft, was für unglaubliche Interessen wir hatten. Wir mußten uns das normale Außenleben richtig angewöhnen, anerziehen und wie eine Fremdsprache erlernen. Wie wir klein waren, haben wir auf der Straße auch schon Völkerball, Marmeln und dergleichen gespielt. Aber kaum waren wir ein bißchen größer, erschufen wir uns eine künstlerische und geistige elitäre Welt. Meine Kinder waren weniger sich selbst überlassen als meine Schwester und ich. Sie hatten weniger Spielraum für sich, wurden von der elterlichen Nähe, die oft nur zu explosiv war, erdrückt. Oder beunruhigt. Darum richteten sie sich viel stärker nach den anderen Kindern aus. Ich selbst war schon von klein an hyperindividualistisch, ich setzte mich von anderen ab, so habe ich mich schon als kleiner Bub nicht uniformieren lassen, abgesehen davon, daß ich bis ins zweite Schuljahr als einziges Kind mit langen Haaren in die Schule geschickt wurde. Ich konnte nie als Gruppenwesen funktionieren und war eigenbrötlerisch. Ein Einzelgänger, der auch revoltierte. Natürlich hatte ich, vor allem dann in der höheren Schule, einen kleinen ausgewählten Freundeskreis, der mir sehr wichtig war.

Wie erfahren Sie heute das Zusammensein mit Igor, Ihrem Jüngsten?

Da ist eine gewaltige Liebe vorhanden, aber immer noch zu wenig Geduld. Er ist sportlich, zeichnet viel, ist als Einzelkind hungrig nach Kameraden. Aber vielleicht ist bei meinen Kindern eine Übersättigung durch Kulturelles dagewesen, einfach weil es Alltag war und Vorrang hatte, so daß sie sich eher dagegen stellten. Mit Igor habe ich gerne alles gemacht, was ich seinerzeit als junger Vater abgelehnt hatte, Fußball zum Beispiel. Er war in der Fußballiga für die ganz Kleinen, und einmal wurden die Eltern aufgefordert, mitzuspielen. Meine Frau meinte, auch ich müsse mitmachen. Und prompt sah ich mich mit den Kleinen und blutjungen Eltern auf dem Fußballplatz und schoß sogar ein Tor. Natürlich war das lächerlich, in meinem Alter, aber es zeigt die andere Bereitschaft. Es ist wunderbar, mit ihm zusammen herumzustrolchen. Ich hoffe, daß er noch mehr Lust darauf bekommt. Am Abend lese ich ihm manchmal eine Geschichte vor oder erfinde eine. Die Kinder sind schulisch schon sehr verplant, am freien Mittwochnachmittag hat er Judo, Multisport oder weiß der Teufel was.

Zurück zu Ihren Vaterfiguren, gab es noch andere?
Da ich mich weder abnabeln noch bewähren mußte gegenüber einer Autorität, habe ich Autorität nicht gekannt und nur selten anerkannt; das heißt, ich komme aus einem autoritätslosen Erfahrungsraum. An sich akzeptierte ich keine Autorität.

Was für Folgen hatte das autoritätslose Aufwachsen für Ihr Werden gehabt?
Ich wollte alles aus erster Hand wissen, eigene Erfahrungen machen. Ich war ein Selbstdenker, mit einem gesunden, manchmal überdimensionierten Selbstbewußtsein ausgestattet, was Skrupel nicht ausschloß. Ich spürte eine Kraft in mir und dachte manchmal, stärker als die anderen zu sein. Ich weiß noch, wie ich bei der Gruppe 47 war. Ich war nach Urs Jaeggi der zweite Schweizer, der eingeladen worden war. Man mußte vorgeschlagen sein, und ich war es durch Ingeborg Bachmann, durch Grass und Martin Walser. Ich war damals dabei, den *Canto* zu schreiben, ein Neuling, ich wollte sehen, wie die deutsche Konkurrenz aussah. Ich fühlte mich von dem Gesehenen und Gehörten nicht über die Maßen beeindruckt, bestimmt nicht in Frage gestellt. Ich hatte Maß genommen, das war alles. Es lag nie in meiner Natur, mich anzudienen.

Gab es gar keine beeindruckenden Schriftsteller-Väter? Robert Walser vielleicht?

Nein, Walser ist keine Vaterfigur, sondern der ewige, im Alter in einen alten Leib überwechselnde Jüngling par excellence. Von seiner späten Erscheinung her fast ein Clochard.

Dafür aber Elias Canetti.

Er war die einzige Vaterfigur unter den Schriftstellern, die ich gekannt habe. Das hatte auch damit zu tun, daß er wie mein Vater einen Schnurrbart trug, volles Haar hatte und auch Doktor der Chemie war. Nur hat er es nie praktiziert. Ich lernte ihn nach dem *Canto* kennen, wohl 1964. Bei ihm konnte ich mir bestimmte geistige Speisen abholen, verfügte er doch über ein unglaubliches Wissen, das mir vollkommen abging. Es war spannend, mit ihm, der sich in Ethnologie, Anthropologie, Religionen und Mythen, um von Literatur und Kunst zu schweigen, wie kein anderer auskannte, zusammen bis in die frühen Morgenstunden vor allem über Menschen zu reden. Er war eine hinreißende Persönlichkeit, auch ein Richter. Jedenfalls war die Bestrahlung durch sein Universum eine wahre Ernährung und Ermutigung, zumal ich mich von ihm respektiert, geliebt oder gemocht fühlte: Er war eine Instanz für mich, obwohl wir als Schrifstellertypen nicht der gleichen Familie angehören.

Nun hatte ich im frühen Mannesalter verschiedene männliche Vorbilder, verbunden mit unbändiger Zuneigung und Verehrung. Es waren nicht Väter, sondern Meister. Der eine war Armin Kesser, dem ich den *Canto* widmete. Ein großartiger Stilist mit einem unglaublichen Kosmos. Ich empfand ihn als einen übergeordneten Geist. 1906 geboren, also der Generation von Canetti angehörend, hätte er vom Altersunterschied her eine Vaterfigur sein können.

Die andere große Erscheinung der gleichen Generation war der Bildhauer Leoncillo Leonardi. Ein informeller Plastiker, damals zu den großen Künstlern in Italien gehörend. Er hatte als Kommunist und Partisan eine typisch italienische Künstler-Vergangenheit. Das war 1960. Der Krieg war noch nicht so lange vorbei und alles noch im Aufbruch. Es war die Zeit von Fellinis *Dolce Vita*. Jedenfalls hatte ich mich mit Leonardi in Rom befreundet, wir trafen uns jeweils auf der Piazza del Popolo im Café *Rosati*, wo sich die Künstler nach vollbrachtem Tagwerk zusammenfanden. Da saß Marcello Mastroianni, da saß Fellini, und da saßen die Künstler und Literaten. Man aß und trank und unterhielt sich stundenlang in irgendeiner Trattoria. Ich war auch oft in seinem Atelier. Er war eine wichtige Künstlerfigur, ein im wahren Sinne des Wortes pathetischer und gleichzeitig nobler Mensch und eine herausragende Einzelsilhouette. Obwohl aus dem Volk kommend, war er in meinen Augen ein Elitewesen, aber ohne Machtanspruch. Kurzum: Er war eine der wenigen bestimmenden, vor allem geliebten Männerfiguren meines Lebens. Es ist selten und ein Glücksfall, wenn Bewunderung für Fähigkeiten, Verdienste, womöglich ein Werk *und* unumschränkte Zuneigung zur Person zusammenfallen. Man mag den einen als Person, doch kann man die Person nicht so verehren, wie man es sich wünschte, weil das Format fehlt. Bei Leoncillo und Kesser waren Bewunderung und Liebe im Spiel, auch bei Canetti, versteht sich.

Kesser war nicht nur ein bedeutender Geist, sondern auch ein wunderbarer Mensch, eine dem Leben und den Frauen zugewandte *Figur*, mit der man diskutieren, aber auch tafeln und lachen konnte. Sein Vater war der expressionistische Bühnendichter Hermann Kesser gewesen, ein Deutscher. Mein Freund war in der Odenwaldschule zusammen mit den Söhnen von Thomas Mann aufgewachsen und später einer der nächsten Freunde von Musil, dessen Totenrede er gehalten hat. Seine Interessen reichten von Mythen und Religionen, der Philosophie und Kunst, sowohl der vorchristlichen wie sogenannt primitiven, aber auch modernen, und Literatur bis zur Psychologie; er hatte übrigens eine langwährende Kontroverse mit C.G. Jung. Seine Essays bewegten sich in Richtung auf eine universelle Kulturphysiognomik. Er schrieb an einem Buch über das Wesen der Rolle. Er kam in die Schweiz nach Hausdurchsuchungen durch die Nazi in Berlin, wo er für den *Börsenkurier* geschrieben und dem Brecht-Kreis nahegestanden hatte. Er war wie mein Vater ein Privatgelehrter ohne Amt und Würden, gerade unabhängig genug, um seinen Studien nachgehen zu können.

Zu den Meisterfiguren zählt wohl auch der schweizerische Kommunist Konrad Farner, ein Berufsrevolutionär, wie er sich nannte, der mit zwanzig der Partei beigetreten und während des kalten Krieges als helvetischer Staatsfeind Nr. 1 nicht nur kaltgestellt, sondern verfolgt worden war, man spricht vom legendären »Pogrom von Thalwil«. Er war eine Zeitlang der Chefideologe der schweizerischen Partei der Arbeit, aus welcher er 1969 austrat, »weil sie auf neue Fragen nur alte Antworten« habe. Als lebendes Beispiel für etwas, das ich sonst nur aus der Geschichte kannte, war er ein Faszinosum für mich, ein Sendbote. In seinem Äußeren erinnerte er an Molotow. Er hätte mich immer gerne für die *Sache* gewinnen wollen, was mir nicht möglich war. Er war Publizist, seine Arbeit kreiste zuletzt insbesondere um das Verhältnis zwischen Christentum und Marxismus, er hatte ja auch unter anderem Theologie, Staatswissenschaften und Kunstgeschichte studiert; er verfügte über ein großes Wissen, und er hatte diesen revolutionär-abenteuerlichen Hintergrund, dazu eine große entwaffnende Gelassenheit in der Diskussion, und außerdem war er eine pralle Lebensfigur, kein Papiertiger. Im Sinne der Betrachtensweise, im Sinne seines gelebten Engagements hatte er mir einen Stachel ins Fleisch gesetzt. Vorübergehend war er für mich ein Aufrührer. Ich war ihm zugetan. Die genannten, vom Altersunterschied als Väter in Frage kommenden Meisterfiguren waren zum Teil Gegenfiguren, auch Widersacher, sie waren jedoch auch Autoritäten. Was sie verbindet, ist das Universelle in der geistigen Statur. Insofern verkörperten sie für mich, ich kann es nicht anders sagen: eine Schutzmacht.

Wer verkörpert für Sie das Männliche par excellence?
Sie werden lachen – Jean Gabin. Ich hege eine schon fast
kindische Bewunderung für diesen Kerl. In dem *Proust*-Fra-
gebogen des *FAZ-Magazins* habe ich auf die Frage *Wer
hätten Sie sein mögen?* mit *Jean Gabin* geantwortet. Er verkörpert für mich, nicht nur in der Rolle des Clan-Chefs, die
absolute Autorität.
   Warum?
Er ist auf umwerfende Weise aus einem Stück. Er ist *integer*.
Ist er zornig, ist er es ohne Maske, ein Ausbruch des Zorns,
der leibhafte Zorn. Ist er zart, dann auf eine reine herzerwär-
mende Weise. Man fühlt sich aufgehoben bei ihm, der in
seiner Person nahtlos aufgeht. Auf welcher Seite er auch
steht, er tut, was zu tun ist, unter Lebenseinsatz. Offenbar
hat er etwas zu verteidigen, woran er glaubt. Es ist die
Glaubwürdigkeit. Er ist ja keineswegs der gute Mensch vom
Dienst, doch auch als Gangster ist hinter seiner Handlungs-
weise ein Wertsystem oder eine Überzeugung spürbar. Er
ist immer ganz da. Physisch da, eine Existenz, die, wiewohl
illusionslos, für eine Sache einsteht. Und setztet ihr nicht
das Leben ein … Ich hörte, er habe sich während des Welt-
krieges – er war in Hollywood, komfortabel abseits, der
Geliebte der Marlene Dietrich etc. – nach Nordafrika abgesetzt, um als Panzersoldat zu den De-Gaulle-Truppen zu
stoßen. Und er hat anscheinend den ganzen Feldzug mitgemacht bis nach Berlin, ohne Worte zu verlieren, auch
später nicht, als so viele andere sich mit fragwürdigen Rési-
stance-Meriten brüsteten. Er ist ein Volkstyp, ein Volksheld,
mit vielen Wassern gewaschen, eine Einmannarmee und,
wenn's drauf ankommt, der Widerstand in Person. Ich werde gleich sentimental, wenn ich an ihn denke. Er ist möglicherweise nur ein Wunschbild. Könnte ich sein wie er. Das
Wortkarge und dann das Unverblümte. Ein anderer Schau-
spieler, der mich in ähnlicher Weise ergreift, ist Marcello
Pagliero. Er spielt im Rossellini-Film *Rom – offene Stadt* den

von den Nazis zu Tode gefolterten Partisanenchef. Sie haben mit meinem Vater und den genannten Meisterfiguren nichts gemein. Aber ebendieses andere schlägt auch in mir. Und vielleicht könnte man, was Gabin betrifft, hinzufügen: die Wahrhaftigkeit. Mein Freund Leoncillo atmete auch diese Wahrhaftigkeit, die fast nicht auszuhalten war.

1998

»Die Auseinandersetzung mit van Gogh war eine Initiation«

Ein Gespräch mit Heinz-Norbert Jocks

Was drängte Sie zu schreiben?
Das erste Schreiben war mehr oder weniger ein Aufnotieren von Stimmungen oder des Erlebens. Sehr früh brach in mir ein inneres Zweitleben, ein Innenleben aus, das so stark wucherte, daß es das normale Leben in der Schule und später auf dem Gymnasium bedrohte. Ich lief schreibend meinen Erlebnisausschlägen hinterher und notierte sie, um sie zu bändigen oder in Schach zu halten. Es waren Zustände, die die Gefahr der Isolierung in sich schlossen. Es kam oft vor, daß ich mich in meiner Innerlichkeit, wobei ich dieses Wort eigentlich nicht liebe, von den Kameraden wie von dem ganzen tätigen Leben ausgeschlossen sah. Manchmal wurde ich von diesen Stimmungen so sehr verschlungen, daß ich in einen Zustand effektiver Lethargie, wenn nicht Depressionsgefahr geriet. In dieser Notwehr lag die Wurzel meines Schreibens.

Apropos Weltbemächtigung: Ist es notwendig, Gelebtes in eine sprachliche Form zu verwandeln, um sich gegen die Kälte des unverträglichen Draußen zu wappnen?
Nein, das hängt nicht so sehr mit Kälte, sondern vermutlich mit der Drohung einer Lähmung zusammen. Es ist, wie gesagt, ein Notwehrakt. Wenn jemand extrem erlebt, dann lösen gesehene und erfahrene Dinge unglaublich viel aus, ganze Kettenreaktionen, die, da sie in alle Winde zerstieben, nicht zu halten sind. Es sei denn, man versucht sie aufzubewahren, zum Beispiel in Sprache. Aber nicht in dem Sinne, daß man sie in Sprache wie der Notar seine Akten in Kladden ablegt, sondern so, daß sie wirklich etwas bewahren

und weiteratmen. Dieses Bedürfnis hat sich bei mir sehr früh angekündigt und ist zur Gewohnheit eines entsprechenden Schreibens geworden, wobei das zwanghafte Schreiben etwas Schreckliches und niemandem zu empfehlen ist, weil selbst dann, wenn die Arbeit getan ist, der ganze Vorgang in der eigenen Kopfmaschine weitergeht. Es gibt für den Typus Schriftsteller, zu dem ich zähle, keine Pausen, keine Ferien und eigentlich keine Ruhe, weshalb man dann auch zu Alkohol, Tabak und Ähnlichem neigt, und zwar aus dem Bedürfnis nach Betäubung, nicht wahr? Bei vielen Künstlern und Schriftstellern sind entsprechende Selbstzerstörungsmechanismen am Werk, einfach weil die Maschine, wenn einmal eingeschaltet, nicht abzustellen ist.

Wie sahen die Schwierigkeiten anfangs beim Finden einer literarischen, nicht auf Handlung ausgerichteten Form aus?

Heute kann ich mit einer Vielzahl von Minihandlungen, also mit freien Strukturen umgehen, was mir damals noch nicht möglich war, unter anderem deshalb, weil ich keinen Abstand zu meinem Leben, also noch keine eigenen greifbaren Stoffe hatte und mit dem Instrument des Schreibens noch nicht wirklich umzugehen wußte. Es war ein »blutiges«, wild hin- und herfuchtelndes Aufschreiben von Gefühlen und Einfällen. Und der herrschende Zeitgeschmack war keine Hilfe. Sie müssen sich vorstellen, daß es zwar in den Vierzigern natürlich schon moderne Literatur gab, aber wer hatte damals, als in Deutschland Blut und Boden gedieh und im Schulunterricht vielleicht Hermann Hesse als das Modernste gelesen wurde, schon eine Vorstellung von einer modernen Struktur. Das Bewußtsein, daß das eigentliche Leben nicht in Handlungsgeschichten abzufüllen ist, hat sich bei mir sehr, sehr früh eingestellt. Mit etwa 17 Jahren war mir klar, daß das, was wirklich passiert, nicht in eine traditionelle Handlung einzufüllen war. Die eigentliche Erkenntnis war die, daß sich das Leben in Bewußtseinsvorgängen abspielt und nicht in Geschichtsabläufen. Praktisch war dies die Verneinung dessen, was man heute das auktoriale Schreiben nennt. Mir war klar, daß das Leben eine blindwütige Größe ist, in der viele Räder nebeneinanderhersausen, ohne daß ein Einblick möglich ist. Wer so geartet ist, braucht eine Strukturvorstellung, die dieser Mechanik irgendwie entspricht, ihm genügt keine Abfüllprosa. Mein Problem war die Form, und die erste taugliche Formvorstellung gewann ich in den Anläufen zum Erstling *Die Gleitenden Plätze*. Diese habe ich denn auch veröffentlicht, was mir bis dahin nie in den Sinn gekommen wäre.

Sie suchten nach einer Form, mit Wahrnehmungen umzugehen, ohne sie zu ersticken oder zu glätten, wohl auch nach einer Lebensform?

Aufs Schreiben bezogen heißt das: Ein Text sollte ein autonomes Gebilde sein, das in sich und aus sich heraus lebt und Leben abgibt, wenn auch ohne sonderliche Handlung und Ablauf, aber in sich organisiert. Die Form, die ich anstrebte, war angelehnt an musikalische Strukturen. Musikalische Struktur als Ersatz für Handlungsabläufe. Das lag unter anderem daran, daß bei mir zu Hause die Musik omnipräsent war. Meine Schwester wollte Pianistin werden, so daß bei uns immerzu Klavier- und Kammermusik gespielt wurde. Auch Vater und Mutter musizierten gelegentlich. Vermutlich wäre ich selber Musiker geworden, wenn nicht meine Schwester diesen Beruf ergriffen hätte; ich habe übrigens auch mit Geige und Klavier angefangen, hatte aber nicht die nötige Geduld. Jedenfalls war ich mit Musik tief vertraut, und die musikalischen Empfindungen entsprachen weitgehend dem Stimmungsmäßigen, das ich in mir abhorchte.

Ich war als junger Mensch unfähig, verwertbare literarische Texte zu verfassen, weil, wie gesagt, lange ohne brauchbare Formvorstellungen; und trotzdem war ich ein literaturtrunkener Mensch, imprägniert von großen Büchern. Ich glaube, daß meine Stoffe auch deshalb handlungslos sind, weil ich mein Leben nur von Zeit zu Zeit auf Handlungen zugespitzt sah. Ein Versuch, Handlung in mein Leben zu bringen, war das Barcelona-Abenteuer, das in *Untertauchen* thematisiert wird. Doch war das natürlich kein zu Hause vorgefaßter Versuch. Ich fiel in diese Geschichte hinein, und etwas in mir lechzte danach, diese durchlebend auf die Spitze zu treiben. Es war höchst abenteuerlich und wäre in Wirklichkeit um ein Haar noch abenteuerlicher geworden, da es zu einer Verhaftung führte. Auch die dazugehörige Liebesgeschichte war eine vehemente. Der Drang, in gewissen Lebenslagen eine Geschichte durchzuziehen, hing damit zusammen, daß ich im Leben gewöhnlich keine Handlungen, keinen Ablauf erspähte, sondern nur Minihandlungen oder ein ganzes Gewühle von Energien und Impulsen. Es ist nicht unbedingt selbstverständlich, daß ein Mensch, der seinen innerlichen Ausschlägen wie im Logensitz eines eigenen Theaters beiwohnt, draußen ein Abenteurer ist. Bei mir hat eine gewisse Bereitschaft für Abenteuer einerseits mit einem Stoffmanko, aber auch mit dem Wunsch zu tun, alles mit gelebtem Leben zu beglaubigen. Heute kann ich ohne Handlungsgerüst mit Schreiben loslegen, es genügt eine gewisse Strukturvorstellung als Stoßkraft, ich benötige keinen Plot.

Der *Canto* war der erste Versuch, mit einem Nichts an Handlung ein Buch zu schreiben. Danach machte ich mich behutsam auf die Suche nach Handlungsmaterial, wie *Im Hause enden die Geschichten* zeigt. Ein statisches Buch voller Zustandsschilderungen, aber eines, in dem eine Fülle von bestimmten Figuren in ihren Verhaltensmustern charakterisiert wird. Als nächstes kam dann die Erzählung *Untertauchen*, die in eine Außen- und Innenhandlung zerfällt, in ein Er und ein Ich, was noch einmal das Dilemma beleuchtet, in dem ich steckte. Im *Canto* bin ich mit einem Nichts an Handlung vorgestoßen, soweit ich konnte, vermochte aber in dieser Weise nicht weiterzudichten, weil der ganze Elan des Buches an die Ladung des Rom-Erlebnisses gebunden war. Ich konnte in der gleichen Vehemenz nicht weiter-, keinen weiteren *Canto* schreiben. Folglich bin ich zurückgekrochen und habe die erwähnte Hausuntersuchung vorgenommen. Mit *Im Hause enden die Geschichten* biete ich die Materialien zu einem Roman an, mit denen der Leser die Handlung selbst in sich vollziehen kann. In *Untertauchen* greife ich auf eine Geschichte meines Lebens zurück, die Ansätze zu einer kolportageartigen Handlung besaß. In *Stolz*, wo ich noch weiter zurückgehe, greife ich abermals auf eine handlungsverdächtige Episode meines Lebens zurück, auf einen Stoff, der Ansätze zu einer Handlung ablieferte, die ich auch weitertrieb, nämlich bis in den Tod des Protagonisten.

Was trieb Sie in die Fänge der bildenden Kunst?
Das weiß ich gar nicht mehr, sondern nur noch, daß ich nach dem Abitur zwei Jahre nicht studiert habe, weil mich, da ich bereits mit Sprache zu tun hatte, danach gelüstete, eine Art Künstlerleben zu führen, herumzuziehen, etwas zu provozieren und mich umzuschauen. Nach allerlei Tuchfühlung mit dem sogenannt harten Arbeitsleben reise ich nach Kalabrien und Sizilien, was einem Aufbruch glich, dabei aber merkte ich, daß ich kein Reisender bin. Mir hatten Lehr- und Wanderjahre vorgeschwebt, in der Hoffnung, der Schriftsteller würde unterwegs aus mir ausschlüpfen, aber das erwies sich als Illusion. Ich kam bald zurück und jobbte weiter herum. Aus Wissensmangel erwachte das Bedürfnis nach einem Studium, ich entschloß mich für Kunstgeschichte. Kaum damit begonnen, begegnete ich meinem großen Anzünder, nämlich von Gogh, dem damals in Bern eine große Ausstellung gewidmet war. Damit hatte ich, wie sich später zeigen sollte, bereits das Thema meiner Doktorarbeit, woraus eine intensive Beschäftigung mit dem Visuellen hervorging, wie ich es in meinem *Versuch über das Sehen* beschrieb. Lange Zeit war die Kunstschreiberei, ob als Seminararbeit, kleine Studie oder Kritik, für mich die einzige

Gattung, die ich einigermaßen beherrschte, vor allem kultivierte; und da gab es eine bestimmte Künstler-Familie, die mich fast wie van Gogh bewegte, so zum Beispiel der frühe Chagall, Chaim Soutine, de Staël oder die Avantgarde, das Informel. Die Amerikaner.

In Ihrem Versuch über das Sehen *wird deutlich, wie sehr Sie über das Auge einen Ausbruch aus dem Kokon zermürbender Innenwelt anstrebten.*

Die Sache mit der Sehschule ist eine rückwärts gerichtete Interpretation. Aber es gibt verschiedene Stationen. Eine war, wie gesagt, van Gogh. Damals, in den fünfziger Jahren, war dessen vorübergehend in Vergessenheit geratene Kunst für mich ein unbeschreiblicher Schock der Identifikation mit dem Prinzip der schöpferischen Raserei, wenn Sie so wollen. Die Auseinandersetzung mit van Gogh war eine Initiation. Er ist einer, der sich mit nichts an künstlerischem Handwerk auf einen wahren Kreuzzug begibt, um eine in seinen Augen und seinem Geist tote Welt zum Leben zu erwecken. In rauschhafter Aufbietung all seiner Kräfte bringt er es vor dem Gegenstand fertig, sowohl dem gemalten Sujet wie sich selber Lebensgeist einzuhauchen. Man kann dieses Lebendigwerden, also den schöpferischen Akt, miterleben, und zwar bis zur leidenschaftlichen Vibration, bis zum Pulsschlag. Es ging mir im Studium und danach recht lange als Kunstkritiker sowohl um eine Seh- wie um eine Art Schreibschule. Ich verwendete manchmal Wochen darauf, um nach einer Begegnung mit einem avantgardistischen Künstler dahinterzukommen, wie dessen schöpferische Prozesse funktionieren, mit welchen künstlerischen Mitteln welche Wirklichkeit suggeriert, realisiert wurde. Das Machen!

Von wo bis wo reichte die Palette Ihres Kunstinteresses?
Ich nenne hier nur das französische 19. Jahrhundert, die klassische Moderne und dann speziell die damalige Avantgarde: das Informel. Hier ging es um Verwandtschaften, woraus sich sehr bald eine tröstliche Vorstellung von Weg-

genossen entwickelte. Ich hatte das Gefühl, daß auf der anderen Zaunseite unter den bildenden Künstlern soundso viele Weggenossen mit ähnlichen Problemstellungen unterwegs waren; und das vermittelte mir ein Zugehörigkeitsgefühl in der Zeit. Hinzu kam, daß ich mit vielen Künstlern, die ich als Kritiker kennenlernte, befreundet war, die Affinität drückt sich in der Betonung des Handwerklichen aus, darum hatte ich auch meine Schreibateliers. Unter Schriftstellern hatte ich Freunde, aber kaum Artgenossen. Daneben waren die Ateliers der teils gleichaltrigen Maler und Künstler Unterschlüpfe in dem merkwürdigen Leben, damals in Zürich vor meinem Auszug nach Paris. Eine hochaktive Zeit. Einerseits war da der Brotberuf der Journalistik, andererseits zog ich mich zu regelmäßigen literarischen Arbeitsaufenthalten ins Ausland zurück, drittens sah ich mich dauernd konfrontiert mit dem Kunstbetrieb, der mich mit seiner Mafia aus Galerien und Museumswelt abstieß.

Was störte Sie?

Der Waren- oder besser der Spekulationscharakter der Kunst, die Art, wie Stile und Bewegungen von Händlern kreiert wurden, die Künstler unter Vertrag nahmen, um sie dann auf den Markt zu schleudern, wo sie wie Zitronen ausgepreßt wurden, wozu sich die Kritik als ideologisches Werbemittel hergab. Diese widerliche Verschränkung mit der Finanzwelt, die dazugehörte, zudem das snobistische Milieu der Reichen, die sich diese Kunstwaren erstehen, an die Wand hängen oder ins Knopfloch stecken. Im Bewußtsein, dieser Mafia und diesen Leuten mit meinen Kritiken zuzudienen, ohne davon zu profitieren, war es eine ärgerliche Erfahrung, daß ich denjenigen Künstlern, die ich selber entdeckt hatte, verehrte, liebte und auf die ich setzte, nicht helfen konnte, wie sehr ich sie auch in Zeitungen durchzusetzen verstand. Ich konnte sie nicht in diese Kunsthandelsumlaufbahnen schicken.

Für wen wollten Sie sich engagieren?

Ich habe Freunde zu protegieren versucht, darunter Friedrich Kuhn, der sich 1972 umgebracht hat und dem ich ein Kunstbuch widmete, eine kleine Monographie. Ein wirklich bedeutender zudem innovatorischer Maler, der heute in Zürich zu erstaunlichen Preisen gehandelt wird. Ein anarchistischer Schönheitsträumer, der mit seinen Anlagen in der Konsumgesellschaft der fünfziger, sechziger Jahre geistig verhungerte und der sich zu Tode gesoffen und in dem Sinne durchgesetzt hat, daß er sich in einen lebenden Mythos verwandelte: Das entsprach der möglichen Attitüde jener, die in einer anderen Gesellschaft vielleicht Hölderlins gewesen wären, nun aber zu provokatorischen Bürgerschreck-Monstern erblühten, wobei zu sagen ist, daß sein künstlerisches Genie bis zum letzten Atemzug ungebrochen vorhielt. Alles in allem war sein Leben der Totentanz eines Opfers, dessen Vorstellungen von Schönheit oder Menschlichkeit dem System, in dem wir alle lebten, als etwas denkbar Überflüssiges erschienen. Die Werke, die er hinterlassen hat, sind wenigstens bis heute nicht untergegangen, sondern sehr kostbare Sammelstücke geworden. Ein anderer von mir protegierter Künstler: Karl Jakob Wegmann, mit ebenfalls sehr traurigem Schicksal. Man könnte ihn oberflächlich mit Philip Guston vergleichen.

In solchen Künstlern suchte ich Verbündete, Allianzen. Ihre Ateliers waren für mich Oasen: herrliche, lebensvolle, anarchische Räume, wo auch gegessen und getrunken wurde und die Arbeit weder als asketische Angelegenheit noch als verbohrter karrieristischer Amoklauf, sondern in einem Kontext von wirklicher Lebensfülle zu erleben war. Da konnte ich das Gestaltannehmen in seinen verschiedensten Stadien und die Verwandlung von Materialien bis hin zu den herrlichen Farbpartituren verfolgen. Dies im Unterschied zur unsichtbaren Arbeit des Schriftstellers.

Verband sich mit dem Beschnuppern der Atelierluft für Sie so etwas wie ein Zugang zum authentischen Leben?

In diesen schöpferischen Fabriken lag eine lustvolle, lebensvolle und keine gequälte Potenz in der Luft. Bei Schriftstellern ist das Zuwarten, bis etwas frei wird, oft qualvoll, während bei Malern der Eindruck entsteht, daß sich alles, was sie machen, bereits zu einem sichtbaren Gebilde, einer Ernte formt. Zudem waren sie interessante Menschen, häufig hochintelligent. Auf unkonventionelle Art haben sie sich ein großes Wissen erworben. Richtige Künstler wissen über vieles Bescheid, über Naturwissenschaftliches, Psychologisches, Musik, Tiere, über weiß der Himmel was alles. Mit ihnen kann man strategische, politische Probleme diskutieren, und zwar in einem einleuchtenden Sinne, während man außerhalb der Ateliers nur zu oft entweder auf Fachidioten oder auf amusische oder überhaupt sture Leute stößt.

Die Ateliers erschienen als gesunde Gegenwelt!

Es waren Unterschlupfmöglichkeiten, die mir herzlich willkommen waren, weil alles, was mit dem Kunstbetrieb zusammenhing, für mich eher schwer zu goutieren und mein eigenes Schreibgeschäft ein einsames war. Ich lebte in Zürich, so läßt sich sagen, in einer Gegengesellschaft.

Wann genau war das?

In den sechziger Jahren, in einer Zeit, da ich die *Gleitenden Plätze* und den *Canto*, ein oder zwei Kunstbücher geschrieben hatte, als freier Kritiker lebte und an dem Buch *Im Hause enden die Geschichten* arbeitete: eine wilde, weil schmerzliche Periode. Wir lebten in einer Art Untergrundgesellschaft, in geschlossenen Kreisen, welchen nebst irgendwelchen Originalen bis hin zu Spinnern und interessanten Frauen fast nur Künstler angehörten.

Was beeindruckte Sie künstlerisch, und warum verabschiedeten Sie sich vom Schreiben über Kunst?

Natürlich war damals der Tachismus meine Welt, wenn man von geliebten älteren Werken und Meistern absieht. Daß ich mich vom Schreiben über Kunst freimachte, lag einerseits daran, daß ich mich später als Schriftsteller, zwar eher schlecht denn recht, über Wasser halten konnte und so nicht mehr auf die verflixte Kritikertätigkeit als Brotberuf angewiesen war, und zweitens daran, daß sich spätestens nach Pop-art oder Environment mein Interesse an neuen Kunstbewegungen verlor. Ich fühlte mich nicht mehr angesprochen, auch nicht mehr zuständig, darüber zu schreiben. Ich denke, daß ein Kritiker immer nur eine bis zwei oder drei Bewegungen aus einem solidarischen Empfinden und echtem Verständnis als deren Sprachrohr begleiten kann, und dann hört's auf. Wer ewig weitermacht, schreibt sich in der Regel entweder tot oder in einen komischen Jargon hinein, wird Zyniker oder was auch immer.

Warum die Nähe zur Pop-art?

Damit gab es kein wirklich genuines, sondern ein indirektes Zusammengehen. 1968 zog ich expliziter als zuvor eine bestimmte gesellschaftskritische Betrachtungsweise in Betracht, was in der Luft lag, aber auch damit zusammenhing, daß ich mit Konrad Farner, einem berüchtigten schweizerischen Kommunisten, eng befreundet war. Wichtig an der Pop-art war mir unter anderem die denunziatorische gesellschaftskritische Betrachtungsweise. Zudem meldete sie ein neu erwachtes Interesse am Realismus an, wodurch die ganze West-Ost-Gegensätzlichkeit aktualisiert wurde. Es gab auf der einen Seite den sozialistischen Realismus, bei uns die zu einer superindividualistischen Partitur mehr und mehr degenerierte Innerlichkeitsmalerei, die nur von einer ganz kleinen Gemeinde entziffert werden konnte. Und dann kam die sich über die Hintertür der Reklame-, Konsumgüter- und Plakatwelt wieder an die sichtbaren Dinge des Lebens anschleichende und damit zum Gegenstand vorstoßende Pop-art. Damit liebäugelte ich, weil ich eine gewisse Sättigung an der abstrakten Kunst erfahren hatte und die Pop-art ja auch in den Kontext einer polarisierten Gesellschaft gehörte. Hier die Jugendbewegung und da das Establishment, wozu ich natürlich nicht gehörte. Ich fühle mich mehr von dem angezogen, was sich bewegt, als von dem, was stillsteht. In den Zusammenhang gehört auch, daß meine damalige Freundin eine mit Pop-art befaßte Künstlerin war und daß ich in dieser Zeit sehr viel in London mit seiner damals wahrhaft überbordenden Szene Station nahm. Ich war von '67 bis in die angehenden siebziger Jahre praktisch jedes Jahr bis zu vier Monate dort, von wo ja, neben Amerika, das ganze Pop-Phänomen seinen Ausgang nahm. Nach 1972 bin ich aus der Kunstkritik ausgestiegen.

Hat Ihr Canto *in der Art des Welterlebens und der Technik Verwandtschaft mit der informellen Kunst?*

Eine ähnliche innere Disposition, ein verwandtschaftliches Empfinden sind nicht zu leugnen. Ich nannte darum das schreiberische Vorgehen auf der Stufe des *Canto* bei mir auch »action writing«. *Canto* ist ein in der gesamten deutschsprachigen Literatur alleinstehendes Buch. Es wurde beim Erscheinen stark diskutiert, aber nicht wirklich verstanden. Jedenfalls habe ich für mein damaliges Schreiben eher in der bildenden Kunst als in der bekannten deutschsprachigen Prosa Rechtfertigungsargumente gefunden.

Zurück zum Informel, das den Gegenstand ausschließt. Bei Ihnen spielt ein Hin und Weg von Dingen und Menschen, ein Fluktuieren eine entscheidende Rolle.

In *Canto* werden Außenwelt und innerer Film, Rom und Ich, Erinnerung und die zu erobernde Gegenwart gewissermaßen auf dem Schlachtfeld des Machens (oder künstlerischen Ringens) vorgeführt, was dem Buch eine starke Dynamik verleiht. Das Rhythmische spielt eine entscheidende Rolle, doch ebenso das sinnlich Bildhafte. Die sprachliche Motorik ist emotionalen Ursprungs. In Analogie zum Tachismus könnte man teilweise von Gestikulation und von Anflecken sprechen. Das Gemeinsame wäre in der Erkenntnis zu erblicken, daß Wirklichkeit sich zuallererst in einem inneren Reagieren manifestiert, in einer Art Psychogramm, das dann bildhaft gerinnen kann. Bei gewissen tachistischen Malern könnte man ja auch von inneren seismographischen Widerspiegelungen realer Landschaftserlebnisse sprechen, von einem entsprechenden »Gerinnen« gegen die Grenze zum Gestalthaften hin. Beispiel: Sam Francis. Vorläufer der informellen Kunst, wenn auch im verhältnismäßig kleinen Format, sind bekanntlich Kandinsky und Klee, welch letzterer zu meinen künstlerischen Quellen zählt. Von ihm stammt der Satz, daß Kunst nicht Sichtbares abbilde, sondern sichtbar mache. Er ist geborener Berner wie ich, und die im Berner Kunstmuseum befindliche Paul-Klee-Stiftung, eine riesige Sammlung, war mir von Jugend auf vertraut.

Das Tachistische des Canto *deckt sich wohl nicht nur mit Ihrer frühen Vorstellung von einem handlungslosen oder -armen Erzählen, sondern auch mit der Erfahrung, wonach sich die Welt in ihrer phänomenalen Komplexität einem alles einsortierenden Überblick entzieht.*

Ich denke schon, daß meine Abneigung gegen das Abschildern und finalisierende Geschichtenerzählen mit der frühen Überzeugung zu tun hat, daß »Wirklichkeit« nicht etwas Gegebenes, sondern etwas zu Erschaffendes und deren Ausschlagsort einzig im subjektiven Innern zu fassen sei.

Apropos Rom: Wurde mit Ihrem Aufenthalt in dieser Stadt als Stipendiat des dortigen Schweizer Instituts der Weg zum Künstler frei?

Wenn auch in Rom die entsprechende Häutung, also Künstlerwerdung stattgefunden haben mag, so folgte darauf keineswegs postwendend eine entsprechende Produktion, ich meine: Ich brachte von Rom mit Ausnahme kleiner Skizzen nichts mit. Ich kam von dort vorerst nach Zürich, und zwar als Leiter der Kunstkritik an die *Neue Zürcher Zeitung*. Das Stipendium war aufgezehrt, ich saß mit meiner Familie auf dem Trockenen und konnte mir nicht erlauben, den Ruf abzulehnen.

Wie werten Sie in diesem Zusammenhang das Barcelona-Abenteuer? Woher der Mut, alles hinter sich zu lassen, um Schriftsteller zu werden?

Nach Zürich brachte ich den in mir gärenden *Canto*-Stoff mit, ein neues Welt- und Selbstverständnis, die schöpferische Unruhe, was alles in allem zu meinem Amt an der Zeitung und den dadurch bedingten bürgerlichen Verhältnissen in krassem Widerspruch stand. Zwar hatte ich Freiheiten, was die Amtsausübung betraf, zum Beispiel meine Präsenzzeiten in der Redaktion, auch hatte ich Mitarbeiter, die für mich schrieben, doch die wichtigen Ausstellungen im In- und Ausland bearbeitete ich selber. Wenn etwa in Paris eine Henri-Rousseau-Retrospektive stattfand, fuhr ich hin. Ich fuhr an die Biennale nach Venedig und so auch nach Barcelona, wo eine umfassende Ausstellung über die romanische Kunst angesagt war. Nun müssen Sie sich einen Kunstredakteur wider Willen vorstellen, der in einer Dreizimmerwohnung in einer kleinbürgerlichen Wohnsiedlung fast am Stadtrand von Zürich mit Familie wohnt und mit »Adenauers Morgenblatt«, wie die *NZZ* damals hieß, zu tun hat. Dieser junge Mann mit dreißig begibt sich auf Geschäftsreise nach Spanien, wo er noch nie gewesen ist, und gerät schon beim Einfahren in Barcelona in einen beinah delirierenden, einen Trancezustand, nicht nur weil Barcelona eine wirklich unglaubliche Stadt ist, sondern weil er überreif ist für ein Intensitätserlebnis. Er will wissen, was mit ihm los ist, er will sich ins Abenteuer stürzen, im Grunde lechzt er nach einer künstlerischen Initiation, nach einem Wahrheitsbeweis. Damals geschah alles einigermaßen bewußtlos. Statt seinem journalistischen Auftrag zu folgen, taucht er schon am ersten Abend in einem Nachtlokal unter und kommt erst viel später wieder zum Vorschein. Er erlebt eine Liebesgeschichte, er kommt sich, seiner Familie, seinem Brotberuf abhanden, er lebt eine Weile auf Messers Schneide, er setzt alles aufs Spiel. Das spanische Abenteuer

ist zehn Jahre später in die Erzählung *Untertauchen* eingegangen. Doch der bürgerliche Schiffbruch, den mein ju-
gendlicher Vorläufer bei seiner Rückkehr nach Zürich in
jeder Hinsicht konstatiert, hat den Schriftsteller freigesetzt.
Offensichtlich bedurfte es einer entsprechenden, mit Zer-
störungswut einhergehenden Initiation, um den Heftig-
keitsgrad, um die zum Schreiben des Rom-Romans notwen-
dige Motivation herzustellen. Erst vor wenigen Jahren ging
mir auf, daß meine spanische Geschichte nach dem Muster
des Orpheus-Mythos verlief. Ich habe ja meine Geliebte
nicht aus dem Schattenreich herausgeholt und »mitgenommen« (was möglich gewesen wäre), ich habe sie unten gelassen: um singen zu können. Canto. Nach meiner Rückkehr schrieb ich, trunken vor Verlusten, in einer Nacht den
Keimling zum kurz darauf begonnenen *Canto*, den Text:
Canto auf die Reise als Rezept. Den Text überreichte ich
zusammen mit meiner Demission meinem Vorgesetzten an
der Zeitung, gewissermaßen als Erklärung, er wurde in der
NZZ abgedruckt. Damit war ich frei und machte mich ans
Schreiben. Und so begann die schriftstellerische Laufbahn.
Zunächst hatte ich, speziell was das Ökonomische betraf,
unverschämtes Glück. Aufgrund der genannten Erzählung
und einiger Skizzen zum Roman kriegte ich von Suhrkamp
einen mit monatlichen Vorschüssen verbundenen Vertrag,
was mir erlaubte, das Buch in einer für meine Produktions-
verhältnisse unglaublich kurzen Zeit, nämlich in nicht ganz
einem Jahr, hinzuschreiben. Ich stand damals wirklich unter
schöpferischem Druck.

Nun liest sich Untertauchen *geraffter, als Sie es jetzt schil-
dern. Sie spitzen das Barcelona-Erlebnis dadurch zu, daß
Sie nicht verraten, daß Ihr in Barcelona abgetauchter,
auftragsvergessener Protagonist kurz darauf vertragsreif
geworden ist. Dadurch wirkt die Geschichte noch un-
glaublicher, zudem provozierender, weil sich die Entscheidung, die Zelte bürgerlicher Sicherheit abzubre-*

chen, nicht dadurch relativieren läßt, daß man sagt: Ach ja, der hatte es leicht, das so zu machen, denn er schlüpft direkt wieder ins gemachte Bett seiner Freiheit.

Nun, der Akt des Aussteigens und die Entscheidung für die freie Schriftstellerexistenz erfolgten gleich nach der Rückkehr ohne alle Sicherheitsgarantie. Daß ich gleich danach in eine Glückssträhne stolperte, die die nötige Hilfeleistung anlieferte, war nicht abzusehen. Womit Sie recht haben, betrifft die Raffung der Ereignisse. Es stimmt, daß die Scheidung und die in einem winzigen Schreibzimmer angetretene Existenz als Junggeselle bzw. Familienflüchtling mit Hund erst etwas später erfolgten. Es wurden zugunsten der Erzählung allerlei Gelenke *biographischer* Art ausgeräumt, doch geht es mir ja nicht um Memoiren, sondern um ein dichterisches Exemplum, um die künstlerische, nicht um die faktische Wahrheit, versteht sich. Das Buch nährt sich von beglaubigtem Lebensstoff, und die in dem Stoff steckende tiefere Thematik wurde mir erst zehn Jahre nach dem Barcelona-Abenteuer zugänglich. Ich schreibe keine Kolportagen.

Worin bestand das Befreiende in Rom?

Befreiend ist das anarchische Moment jeder großen Stadt. In Rom, in dem sich die Zeiten so unglaublich mischen, ist das stärker. Da sind die antiken Trümmerfelder, die großgestikulierende barocke, jesuitische Architektur und die modernen Vorstädte mit diesen enormen Blöcken, die immer zusammenkrachen, und das alles in einem Pulverisierungsprozeß. In den Kirchen klaffen Löcher, aus denen Bäume wachsen. Der Anblick der zertrümmerten Geschichte oder der erstarrten Zeit, die der metaphysischen Malerei eines de Chirico zum Vorbild wurde, ist Alltagserlebnis. Hinzu kommt das Gefühl der Vergeblichkeit, denn alles ist ja nur Wahn, man hat den Wahn immer vor Augen in den übereinandergeblendeten Schichten der Vergangenheit, die von der gleichen Sonne ununterbrochen gebacken werden und weiter zerbröckeln, und dann die Menschen, die da in einem völligen Fatalismus sich eingewöhnen und gleichzeitig auf einem leise-tragischen Untergrund das Leben improvisieren, so wie es halt kommt, und die bauchigen Chianti-Flaschen und diese wunderbaren Schattenhöhlen der Kantinen und die wunderschönen Huren, wie in der Antike, vor jedem Meilenstein – das alles ist eine dem positivistischen Denken Hohn sprechende Befreiung. Rom ist wohl keine Stadt zum Arbeiten. Der Fatalismus war für mich wie eine Droge, und ich hatte im Grunde den ganzen langen Tag nichts anderes im Sinne, als an Essen, Trinken und Frauen zu denken. So sehr, daß ich mir gar nicht vorstellen konnte, daß dort künstlerisch arbeitende Leute existieren, obwohl es sie natürlich gibt, siehe Fellini, dessen *La dolce vita* mich direkt beeinflußt und imprägniert hat. Rom ist eine Lehre, die alle zeitlichen Vorstellungen, vor allem Zeit im positivistischen Sinne als Zukunft und Zielstrebigkeit, aufhebt. Erst heute kann ich abschätzen, wie stark der fatalistische Sog gewesen sein muß. Es war nicht leicht, ein Jahr lang nichts zu tun und dem Nichtstun in die Augen zu schauen.

Sie erlebten in Barcelona ein anderes Zeitverhältnis. Wodurch kam es, daß Sie aus der Zeit fielen?
Nach der römischen Schläfrigkeit, dieser Nichtzeit und der merkwürdigen, vertanen Zielstrebigkeit in Zürich erlebte ich dort den absoluten Stillstand der Zeit. Das Sich-selbst-Vergessen geht ja zusammen mit einem Aus-der-Zeit-Fallen. Nun, da ich wieder all diese Geschichten erzähle, kann ich erstmals ermessen, welche Erkühnung, aber auch Gewissenlosigkeit in dem steckte, was ich damals in Barcelona angestellt habe.

Während Ihres Aufenthalts am Istituto Svizzero hatten Sie mehr Kontakt mit Malern als mit Schrifstellern, beispielsweise mit Gerhard Hoehme und Karl Bobek. Was an beiden interessierte Sie?
In Rom war es so, daß ich ziemlich schnell einige Künstler

kennenlernte, mit denen ich mich befreundete. Im Zentrum stand der Bildhauer Leoncillo Leonardi, in Italien damals ein großer Mann, der mehrmals an der Biennale ausgestellt wurde. Als er starb, flaggte das Land auf Halbmast. Ich war 30 und er etwa 20 Jahre älter. Er zählt zu den beeindruckkendsten Menschen meines Lebens. Außerdem kannte ich einen imponierenden Maler aus Südtirol, der schon Ewigkeiten in Rom zubrachte, eine Reihe italienischer Künstler, die halbe Avantgarde, und darüber hinaus zwei deutsche Künstler, nämlich Gerhard Hoehme und Karl Bobek, die in der Villa Massimo waren. Neugierig war ich auf die Deutschen zunächst wegen ihrer Kriegserfahrung. Beide, Hoehme und Bobek, waren sogar in Gefangenschaft gewesen.

Gefiel Ihnen Hoehmes Malerei?
Ja, aber mit Einschränkungen, da sie mir 1960 wie eine Klee-Fortsetzung oder allzu ästhetisierend erschien. Die menschliche Erscheinung dieses fast ein bißchen sentimental-poetischen Künstlers, Feinlings und hochkarätigen Ästheten zusammen mit der Vorstellung des merhfach abgeschossenen Geschwaderführers erweckten in mir Neugier. Wir konnten uns gut über Kunst unterhalten, aufgrund einer gewissen Verwandtschaft. Er hat übrigens ein Bild, das in der römischen Nationalgalerie hängt, nach meinem Buch *Die Gleitenden Plätze* betitelt, umgekehrt kommt er in meinem *Canto auf die Reise als Rezept* und auch im *Canto* vor. Mit Bobek, der im Unterschied zu Hoehme ein Intellektueller war, habe ich viel über Literatur, Kunst und über künstlerische Maßstäbe diskutiert. Beide wurden später Professoren an der Kunstakademie in Düsseldorf.

Wie sah es damals im Schweizer Institut aus, und wie fühlten Sie sich dort?
Heute ist dieses Institut mit dem besten schweizerischen Design und allem Luxus zurechtgeschönt. Damals wohnten die Stipendiaten in einem bescheidenen Nebengebäude,

das Hauptgebäude war für Empfänge, für die Bibliothek und für den Direktor reserviert. Ich glaube, die alte Gräfin, die die skurrile Villa mit dem herrlichen Park der schweizerischen Eidgenossenschaft gestiftet hatte, wohnte noch im Haus, und die Stipendiaten waren wie gesagt eher lausig untergebracht. Wenn ich in meinem kümmerlichen Zimmer aufwachte, so regelmäßig erst dann, wenn die Zugehfrau vor meiner Tür ein so unerträgliches Höllenspektakel veranstaltete, daß ich dachte: Na, nun muß ich wohl mit diesem Tag anfangen. Sagen wir: Ich fühlte mich leicht deplaziert, sowohl unglücklich wie freiheitstrunken. Ich sah mich selber als Taugenichts. Mein Halt war die Verneinung. Das systematische Nichtstun ist nicht unbedingt leicht.

Ihre im Canto *erprobte Art, über Wahrnehmungen und Ichzustände zu schreiben, ist wunderbar innovativ. Sie umgehen abgegriffene Sehweisen, indem Sie nach neuen musikalisch rhythmisierten, stakkatohaften Umschreibungen suchen.*

Nun, zu Beginn einer jeden echten Schriftstellerkarriere besteht die Hoffnung auf eine Nichtliteratur, also auf etwas ganz Neues. Man will eben keine im Sinne des Eklektizismus und Ästhetizismus abgebrühte Suppe aufkochen, sondern alles in einer unerhört neuen Optik und Sprache bringen, wobei natürlich trotzdem gilt, daß Kunst von Kunst und nicht aus der Luft kommt.

Haben Sie sich in Rom mit Kunstgeschichte und Architektur beschäftigt? Wenn ja, inwieweit floß das in Ihren Canto *ein?*

Was das Rom-Jahr betrifft, sind neben dem ganzen Ambiente zwei Momente nicht zu vergessen: Erstens fiel in diese Zeit die Lektüre von Louis-Ferdinand Célines *Reise ans Ende der Nacht*, die mich zutiefst beeindruckt hatte. Vermutlich ist etwas davon in den *Canto* eingegangen. Zweitens übte damals Fellinis *La dolce vita* einen starken Einfluß auf mich aus. Ich habe mir den Film mehrmals angesehen und im Hinblick auf die formale Struktur analysiert, indem ich alle Sequenzen aufschrieb. Dabei fiel mir auf, daß diese auf dem Förderband der Nino-Rotaschen Musik laufen. Ich sah eine Verwandtschaft mit einem wie mir, der nicht handlungsorientiert, sondern mit Episoden und assoziativen Inseln arbeitet. Fellini fiel damals bei mir auf fruchtbaren Boden. Daneben hat mich das bis ins Apokalyptische gehende, pervertierte Moment gesellschaftlicher Dekadenz oder auch einfach das Anarchische berührt: ein Lebensgefühl, wonach die Wirklichkeit eine gewaltige Maschine aus vielen Zahnrädern und Antrieben ist, durch die der Mensch, ohne etwas zu verstehen, geschleust wird und die einzige Freiheit darin besteht, für einen kleinen Augenblick wie in einem Wolkenbruch ein vorübergehendes Licht, einen Hoffnungs-, Orientierungsschein zu erhaschen, bis wieder die Dunkelheit einbricht: Das alles traf sich weitgehend mit eigenen Überzeugungen. Mich haben bei Fellini der Zweiklang von generellem Pessimimus und künstlerischer Euphorie angezogen, der dann in seiner schöpferischen Vision so gewaltig auswucherte und nicht nur bis in die mythischen Situationen, sondern geradezu in biblische Topoi ausgriff. Außerdem ist mir damals die italienische Kunst generell besser lesbar geworden, und damit meine ich die moderne Kunst, also die Zwischenkriegskunst, den Futurismus und die metaphysische Malerei. Jedenfalls kann ich mich erinnern, daß ich gelegentlich in die Galeria Nazionale d'Arte Moderna in der Villa Borghese gegangen bin, nie systematisch in Museen; auch haben mich in Rom die Kunstdenkmäler weniger interessiert als das beschriebene Klima und die Lebensweise. Manchmal bin ich unvorbereitet irgendwo reingeschlendert, auch in Kirchen, aber ohne mir Gedanken darüber zu machen und ohne mich groß zu fragen, wer die Kirche entworfen hat und was für Mosaiken das sind, die man da sieht.

Gedankensprung: Van Gogh war für Sie kein Kunst-, sondern ein Lebensphänomen. Welche Bedeutung hatte er?

Mir war während des Studiums klar, daß ich Kunstgeschichte nie, sagen wir im Sinne der Wissenschaft oder Forschung, praktizieren würde. Der Bereich der Kritik, in den ich mehr oder weniger gerutscht bin, hat mich nur dort befeuert, wo ich mich mit der schöpferischen Ausgangslage und dem Kunstwollen mehr oder weniger identifizieren konnte. Was mich am neugierigsten stimmte, war der je spezifische schöpferische Standpunkt. Für die Kritikertätigkeit ist zweifellos am wichtigsten, sehr viel Kunst gesehen zu haben, weil in der Kunst das Phänomen der Familienbildung und Staffettenläufe quer durch die Geschichte nicht unwesentlich sind, ebenso das Phänomen der Inkarnationen, Verwandtschaften und Patenschaften. Das leuchtet einem erst ein, wenn viel im Kopf präsent ist. Natürlich hat man vom Studium her eine gewisse Vorstellung von kunstgeschichtlichen Abläufen, nur muß man immer dazu denken, daß derlei Systematisierungen, das heißt von außen an die Sache herangetragene Unterteilungen, stets künstliche Eingriffe sind. Kunstgeschichte ist ein Ordnungssystem zum besseren Überblick, ein willkürliches, das rückwirkend etwa Renaissance, Gotik und Barock unterscheidet und in den Einteilungen noch Unterteilungen einführt, wenn etwa vom weichen oder harten Stil in der Gotik die Rede ist. Diese »Ordnung« soll einen Ablauf oder so etwas wie Entwicklung herauskristallisieren. Dieser ganzen Begriffsbildung und Unterteilung liegt der Gedanke eines Fortschritts zugrunde, der sich wieder pervertieren kann in einen Rückfall. Aber solches Denken muß man nicht unbedingt teilen, weil die Geschichte ja keinen Auftrag des linearen Fortschritts kennt. Genausowenig wie Leben sich in einer Geschichte versimpeln läßt, läßt sich auch das Phänomen der Kunst nicht unbedingt so vereinfachen. Man übernimmt mit dem

Studium dieses Rastersystem. Mit diesen Dingen bin ich nie streng umgegangen, weil ich nie wissenschaftlich gearbeitet habe, und auch meine Arbeit über van Gogh war rein phänomenologisch. Ich strebte zuerst ein großes Thema an, das ich dann immer mehr verkleinert habe, und zum guten Schluß blieb eine Untersuchung des frühen Zeichnungsstils der holländischen Zeit, eine Untersuchung über die künstlerische Form und deren Verhältnis zu Psychologie und Weltanschauung des Künstlers, das sich aus dem Briefwerk herauskristallisieren läßt. Ich bin dort nicht wie mein *Stolz* aus dem gleichnamigen Roman mit Reproduktionen und Briefbänden im Spessart geblieben, sondern eines Tages nach Amsterdam gezogen, wo ich mir im Stedelijk Museum Einlaß verschafft habe, um die Zeichnungen zu sehen. Ich arbeitete unbeaufsichtigt vor den Originalen, man sagte mir: »Schauen Sie sich da unten im Lager diese Kisten voller Zeichnungen der frühen holländischen Zeit an, aber gehen Sie bitte sorgfältig damit um.« Ich habe mit den ausgepackten Zeichnungen lange Reihen gebildet, sie nach charakteristischen Eigentümlichkeiten sortiert und bin mit phänomenologischem Werkzeug herangegangen, um mir Klarheit über Interessen, Entwicklung, Stil etc. zu verschaffen. Dieses rein phänomenologische Aufzeichnen war Grundlage meiner Arbeit. Dann habe ich entsprechende Auskünfte aus den Briefen gezogen und alles ein bißchen zusammengebracht. Wichtig für mich war zunächst das rein formale Interesse, Charakterisierung und Befragung des formalen Aspekts, und so bin ich später auch als Kritiker vorgegangen.

Hat sich Ihr Verhältnis zu van Gogh im Laufe der Zeit verändert?

Nein, das Phänomen van Gogh hat sich eher ausgeweitet im Sinne des Komplexen. Was ich anfangs so nicht gewußt hatte, betrifft neben der ganzen schöpferischen Vehemenz das Luzide. Sobald man in einem Impressionistensaal van Goghs Bilder anschaut, bemerkt man deren Klarheit, die fast unüberbietbare Luzidität. Erstaunlich, wie sich das Spannungsverhältnis zwischen Ekstatischem und Luzidem aufbaut.

Die Stadt spielte in van Goghs Leben eine unanfechtbare Rolle.

Bei ihm haben wir nur einen kleinen Teil eines normalen Menschenlebens vor Augen. Dieser Mann ist 37 Jahre alt geworden. Seine Künstlerexistenz beschränkt sich auf zehn Jahre von 1880 bis 1890: Zunächst ein stammelnder Anfänger, bringt er zuletzt in nur vier Jahren das heute bis zur Abgegriffenheit bekannte großartige Werk hervor, eine enorme Raffung. Sein Ruhm, der ein oder zwei Jahre nach dem Tod bereits eingesetzt hat, griff zuerst auf Deutschland und benachbarte Länder über. Anfangs hat die Stadt bei ihm eine Riesenrolle gespielt, aber entscheidend waren auch die Rückzüge aufs Land, zu Beginn in ganz archaische Gegenden und Lebensweisen, später als Stadtflüchtling in die Provence. Nach den Naturzuständen erwachte in ihm immer wieder der Kulturhunger, der identisch mit Stadt war, in der ersten Zeit mit Den Haag, mit Antwerpen, Brüssel und Paris. Alle städtischen Perioden zusammengezogen, hat die Stadt bei ihm einen ziemlichen Stellenwert. Ohne Paris wäre der ganze van Gogh, ein in diesem Sinne stadtgeborener Künstler, undenkbar. Nach den kuzen drei Jahren im südfranzösischen Arles und St. Rémy hat sein Rückzug nordwärts stattgefunden. Er war praktisch fünf Jahre hier in Frankreich und vorher in Holland auf dem Lande.

Auch Sie ziehen sich aufs Land zurück, und auch in Ihren Büchern tauchen Landschaftsbeschreibungen auf. Der Stadt- ist auch ein Landmensch?

In meinen Büchern kommen wunderbare Landschaften vor, schon im *Canto*, wenn ich von Grottaferrata oder von der Campagna spreche oder wenn in *Bericht aus dem Koffer und durch das Fenster* die Toskana-Landschaft aufersteht. In solchen Fällen bin ich betroffen, also beteiligt, nur ist für mich die Stadt eine prinzipielle Bedingung meiner Existenz. Landschaft kann ich mir nur aufenthaltsweise vorstellen, aber weder für länger noch für immer.

Sprach der Futurismus mit seinem Geschwindigkeits-trieb Sie an?

Der Futurismus beinhaltet die Bejahung moderner Zeit, des technischen Zeitalters, der mechanischen und mechanisierten Lebensweise bis zur Darstellung der Geschwindigkeit, zur totalen Entfremdung und der Perversion im Kriegserlebnis und Kriegsrausch als höchster Steigerung der mechanisierten Lebensmaschine. Das Neue an der futuristischen Malerei war der Versuch, die Zeit der Maschinenwelt in die Bildsprache einzuführen. Und die andere Seite der gleichen Konfrontation mit der Moderne war de Chirico mit seiner Endzeitlichkeit und dem totalen Zeitstillstand. Er faßte das menschliche Leben als so überholt ins Auge, als gehörte es zu Lebzeiten zur antiken Trümmerlandschaft. De Chirico lag mir als Zeiterlebnis näher und war mir wertvoller als der Futurismus, weil jener für mich weitgehend auf einer »gedanklichen« Konstuktion beruht, was in der Malerei kein unbedingt überzeugender Ausgangspunkt ist.

Entspricht der Stillstand, dem Sie applaudieren, dem Anhalten zu geschwind vergehender Zeit?

Das berührt sich mit etwas, das ich den Donner des Inneseins nennen kann, etwa mit meiner Vorliebe für Vermeer van Delft, der eine Art von vollkommenem Stillstand der Zeit in Interieurs mit den Mitteln der Lichtführung erzielte. Dort ist es das Stillegen der Zeit in einem gedehnten Augenblick der Glückserfüllung, mit der eine totale Verzauberung, auch Einhalt des Staunens einhergeht. De Chirico und Vermeer van Delft haben bei allem Gegensätzlichen etwas Gemeinsames. Bei de Chirico ist es ein Schreckens- und bei van Delft ein Glücksstillstand.

Besuchen Sie heute noch Ausstellungen?

Praktisch nie mehr, trotz eines gewissen Nachholhungers.

Heutzutage würde ich sehr, sehr gerne in Museen umherwandeln, um mir einzelne Werke der Vergangenheit anzuschauen, völlig unbelastet von irgendeinem kritischen Zwang. Aber es ist schwierig, weil man ja bei dem Massenbesuch nicht mehr zu den Bildern vordringt. Erstens muß man Schlange stehen, und zweitens herrscht drinnen ein babylonisches Treiben und Schnattern. Einige Male habe ich es auf mich genommen. Einmal für Edouard Manet, dann für Paul Cézanne und noch einige wenige Male. Es war wunderbar. Manet ist auch ein Mann, der mir sehr, sehr nahesteht. Schließlich war da noch eine Ausstellung mit spanischer Kunst, wo ich Goya wiederentdeckt habe. Es traf mich wie ein mit Worten gar nicht zu fassender Sehblitz. Aber ich will mich jetzt darüber gar nicht weiter äußern und auslassen. Wenn ich meine Gedanken jetzt mit viel Zeit laufen lasse, dann fällt mir eine ganze Reihe von Künstlern ein, die mir lieb und teuer waren und es teils auch noch sind. Zu der Zeit, als ich den Umgang mit bildender Kunst für mich entdeckt hatte, war das eine mir entgegenkommende, wunderbare Ernährung.

1998

»Ich bin ein Hund meiner Zeit«

Ein Gespräch über die Wirklichkeit des Schreibens mit Peter Henning und Horst Sumerauer

Paul Nizon, wie sehen Sie, der Sie jetzt seit mehr als 16 Jahren in Paris leben, Ihre Position in Deutschland, wo Sie auch heute noch – trotz zahlreicher Auszeichnungen und Literaturpreise – als eine Art »Insidertip« gehandelt werden? Paul Nizon und die deutsche Literatur – eine bis auf den heutigen Tag im Kern unerfüllt gebliebene Liebesgeschichte?

Ich habe schon des öfteren gedacht, daß das Unglück meines Schriftstellerlebens darin besteht, daß ich in den deutschen Sprachraum hineingeboren wurde. Erstens deshalb, weil ich schon sehr früh merkte, daß sich meine Tendenzen nicht in die neuere deutsche Literatur einschreiben lassen. Und zweitens, weil das, was ich literarisch suche, offenbar die Deutschen wenig interessiert oder aber nur von einem ganz kleinen Kreis aufgegriffen wird, so daß ich im deutschen Sprachgebiet immer noch ein Autor für eine Minderheitengemeinde geblieben bin. Natürlich wäre das weiter nicht schlimm, wenn nicht die ganze existentielle Packung dran hängen würde, also alles, was mit dem »Sichdurchsetzen« zu tun hat. Ich definiere mich heute meistens als ein deutschschreibender Pariser Autor mit Schweizer Paß. Ich bin also offenbar so etwas wie ein Spezialunternehmen.

Diese Außenseiterposition war aber wahrscheinlich nicht von vornherein eingeplant? Sie hat sich ja wohl auch durch verschiedene Mißerfolge in Deutschland – zum Beispiel durch den Flop Ihres Buches Canto *– zwangsläufig entwickelt?*

An das Buch waren von seiten des Verlags und einer kleinen Insidergemeinde große Erwartungen, Hoffnungen geknüpft worden. Beim Erscheinen gab es zum Beispiel mindestens zehn Optionen für Übersetzungen, und es sah alles so aus, als wäre es ein Durchbruch, aber das Gegenteil war dann der Fall. Das hatte für mich in jeder Beziehung gewaltige Konsequenzen. Ich fiel aus einer ziemlich großen Höhe auf den Bauch, oder, besser gesagt, auf den Rücken und mußte mich danach in langen Jahren nicht nur wieder in die deutsche Literatur zurückschreiben, sondern mir daneben eine ganz neue Existenz aufbauen. Das heißt, ich mußte als freier Kunstkritiker ein Doppelleben führen, und mein drittes Buch *Im Hause enden die Geschichten* dauerte dann unter diesem Zwang sieben Jahre.

Der erste Auftritt auf der Bühne des deutschen Literaturspektakels war ein Reinfall; für mich eine gewaltige Enttäuschung, und ich nahm davon das Gefühl eines totalen Mißverstandenseins, sogar einer gewissen Feindschaft mit. Ein Gefühl, das mir eigentlich bis heute geblieben ist.

Mein drittes Buch, das erwähnte *Haus*-Buch, war im Gegensatz zum furiosen *Canto* eine stille Forschungsarbeit. Ich war schön beiseite, ich war wieder vergessen. Der *Canto* hatte immerhin einiges aufgewirbelt. Es gab sehr viele Kritiken, und mein Name wurde durch den Blätterwald gereicht, manchmal auch beschmutzt, aber in den sieben Jahren bin ich wieder in Vergessenheit geraten. Vielleicht war das auch ein Glücksfall, denn dadurch konnte ich mein drittes Buch ohne Seitenblicke auf Konkurrenz und Erfolgsdenken schreiben. Zurück blieb jedoch das Gefühl, daß ich nicht »dazugehörte«; übrigens auch nicht zur Variante der damaligen deutsch-schweizerischen Literatur. Ich mußte akzeptieren, daß ich in der deutschen Literatur nur ein Außenseiter, eine Randexistenz bin.

Acht Jahre nach dem *Canto* kam mein *Haus*-Buch heraus und kurz danach die Erzählung *Untertauchen*, die sogar im deutschen Fernsehen verfilmt wurde. Drei Jahre später der

Roman *Stolz*, der mit dem »Bremer Literaturpreis« ausgezeichnet wurde. Das alles zusammen wirkte für mich schon eher wie ein Erfolg beim vorher recht abweisenden deutschen Publikum, aber offenbar genügte es nicht, um die inzwischen aufgebrochenen Zweifel am »Dazugehören«: die Erinnerung an die Feindschaft, wieder auszulöschen. Es blieb an mir haften. Ich betrachtete mich von nun an nicht mehr als einen Autor, der sich seinen Namen, sein Heraufkommen, über den deutschen Nachbarn schaffen wollte.

In meinen Anfängen hatte ich ja verschiedene deutschsprachige Schriftsteller persönlich kennengelernt: Ingeborg Bachmann, Max Frisch, Canetti, Günter Grass, Martin Walser, Peter Weiss und andere, um von meinen schweizerischen Generationskollegen ganz zu schweigen. Ich hatte einen erheblichen Respekt für all diese Autoren, aber ich wußte, daß ich mit ihrem Kunstwollen überhaupt nichts zu tun hatte. Ich hatte nichts mit Gesellschaftskritik, nichts mit der Aufarbeitung des deutschen Schuldgefühls, nichts mit politischem Engagement im Sinn. Ich bin zwar nie an den politischen Verhältnissen vorbeigegangen, ich war sehr wohl davon betroffen, aber ich habe sie nie zum Gegenstand meiner Schreibarbeit gemacht.

Ihre Bücher kommen doch sehr stark aus poetologisch aufgeladenen Innenräumen. In Frankreich geht diese Haltung offensichtlich auf. Warum dort und nicht im deutschsprachigen Raum? Mag es daran liegen, daß im Gegensatz zu den französischen Lesern, die ja das Sprachschöpferisch-Artifizielle, das Sinnliche favorisieren, die deutschen Leser doch mehr am Politisch-Konkreten, am Aktuellen, scheinbar Objektiven interessiert sind?

Vielleicht liegt es daran, daß meine Bücher zwar nicht existentialistische Bücher im strikten Sinne, doch sicherlich Existenzromane sind. Wenn ich mich nicht täusche, gibt es den Existenzroman in Deutschland nicht. Es gibt den politischen Roman, den gesellschaftskritischen Roman, meinetwegen auch noch den psychologischen Roman, aber der Existenzroman ist mir nicht bekannt. Was von den französischen Rezensenten immer wieder betont wird, ist mein existentielles Grundmuster, meine existentielle Grundrecherche. Vielleicht weil ich hier an eine literarische Tradition anknüpfe, die in Deutschland nicht vorhanden ist? Was französische Kritiker noch betonen, ist meine Qualität der »reinen Literatur«.

Meine Vorstellung von Literatur, von Prosa, fängt eigentlich erst dort an, wo die Prosa die Stufe der dichterischen Qualität erreicht. Womit ich aber nicht sagen möchte, daß meine Bücher Prosagedichte sind. Das meine ich nicht. Aber meine Ambition ist, jenen Verdichtungsgrad zu erreichen, der vielleicht den Namen »Dichtung« verdient.

Ich glaube, daß in Deutschland diese Qualität oder diese Ambition in der Prosa des öfteren verwechselt wird mit Innerlichkeit, mit Gefühlsseligkeit oder mit Realitätsflucht. Das heißt, in meinen Büchern ist alles in die Sprache eingegangen: Es gibt keine Thesen, es gibt nichts Plakatives, und es gibt keine Botschaften, die herauszulesen oder zu verteilen wären.

Ich habe mich ja immer als einen Sprachmenschen bezeichnet, diesen Typus, diese Tradition gibt es in Frankreich, und beides trägt vielleicht dazu bei, daß die Franzosen mich ganz direkt, nicht nur ohne Mißtrauen, sondern fast schon enthusiastisch aufgenommen haben. Und in Deutschland sind genau diese Qualitäten Gegenstand der Bezweiflung. Möglicherweise hat es auch damit zu tun – doch das ist eine ganz private Bemerkung –, daß die Deutschen grundsätzlich Schwierigkeiten mit dem Gefühlsapparat haben; Furcht vor dem Gefühlsapparat, das heißt, Gefühl ist hier schnell gleichbedeutend mit Sentimentalität. Kurzum: Ich bekam von der deutschsprachigen Literatur keine Rückendeckung.

Um es ganz plakativ auszudrücken: Literatur kommt ja von Literatur. Von der damals in Deutschland vorhandenen Literatur, der Gruppe 47 zum Beispiel, erhielten Sie keine konkrete Hilfe, fühlten sich am Ende sogar im Stich gelassen. Haben Sie sich dann Hilfe in der vorhandenen Literatur gesucht? In Gesprächen haben Sie immer wieder betont, daß ganz besonders drei Schriftsteller, Céline, Malcolm Lowry und Hemingway, sehr großen Einfluß auf Sie ausgeübt haben?

Diese drei Beispiele sind eine recht zufällige Gruppierung. Es sind für mich nicht drei Beispiele für eine Affinität, sondern für mehreren Affinitäten. Bei Malcolm Lowry habe ich ein direktes Zugehörigkeitsgefühl; erstens darum, weil seine unglaublich reichen Romane auf das Grundmuster der eigenen Existenz abgestimmt sind. Hinzu kommt diese Ausbeutung der eigenen Person als «Telegraphenamt», als ein Wimmeln von Partikeln und Fragmenten, mit anderen Worten, die ganze Verzweigungstechnik. Und zuletzt, als Untergrund, die große Saga der Lebensreise. Bei ihm gab es ja, glaube ich, das nie zu Ende geführte Hauptprojekt, mehrere Romane oder alle als Teile eines großen, gewaltigen Buches mit dem Titel *Die Reise, die niemals endet* zusammenzukomponieren.

Die gleiche Existenzreise ist auch bei Céline da, und bei ihm kommt noch etwas anderes hinzu: Céline als Wortschöpfer, der eine vollkommen neue, aus dem Slang, dem Argot, stammende Sprache entwickelt hat. Was mich an diesen beiden fasziniert, ist nicht zuletzt das Wortschöpferische, das heißt Wirklichkeit herstellen mittels einer eigenen Sprachschöpfung.

Wie ich Hemingway in dieses Muster einbauen soll, weiß ich nicht. Bei Hemingway ist natürlich auch das Existentielle, das liegt ja auf der Hand, dazu sein persönlicher Mythos, seine Einzelkämpferhaltung. Jeder Schriftsteller kommt natürlich aus der Literatur, ist genährt von tausenderlei Einflüssen, aber ich habe mir noch nicht genügend überlegt, woher ich komme, deshalb kann ich auf diese Frage nicht ausführlich eingehen.

Es gibt bei mir noch ganz andere Einflüsse, Joseph Conrad und Knut Hamsun, die ganz am Anfang bei mir Pate standen. Tolstoi usw. Es wären viele zu nennen. Bei Malcolm Lowry habe ich ein sehr starkes Zugehörigkeitsgefühl, Céline war vorübergehend ein unglaublich starker Einfluß. Damals, als ich den *Canto* schrieb, war meine Lieblingslektüre *Die Reise ans Ende der Nacht*. Hemingway dagegen wäre wieder ein Kapitel für sich.

Im Schatten dieser drei extremen Außenseiter – Hemingway hat sich erschossen, Lowry fand sein Ende im Alkohol, und Céline verschrieb sich in einer Art politischem Blindflug den Nazis – steht noch eine andere, für Sie sehr wesentliche Figur, nämlich der Lebensflüchtling Robert Walser. Von ihm, der ja als eine Art von Hintergrundgestalt in den Roman Stolz *eingegangen ist, versuchten Sie sich immer wieder zu befreien. Steht also, um es ganz vereinfacht auszudrücken, Robert Walser für die Lebensabkehr, für die Fäulnis, die Stagnation, die besonders in Ihren frühen Büchern zu finden ist? Und Lowry, Céline und Hemingway für Lebenshunger, für reine Vitalität?*

Nein, nicht nur für Vitalität, ganz sicher nicht. Was zum Beispiel solche Dichter wie Malcolm Lowry und Céline miteinander verbindet, ist die vollkommene Künstlerexistenz im Unterschied zu den Literaten. Es sind Schriftsteller, die ihre ganze Existenz auf eine Karte setzen und die natürlich auch entsprechend dafür bezahlt haben. Ich meine damit das Untrennbare von Leben und Werk, also das Gegenteil von irgendwelchen intellektuellen Stubenschreibern. Und natürlich gehört Walser irgendwo auch dazu, in seiner eigenen, weiß Gott traurigen Existenz. Nur habe ich mich, ich kann nicht direkt sagen, von ihm abgelöst, sondern Walser war Muttermilch gewesen und daneben für mich – doch das hat vielleicht nicht mal so sehr mit ihm, sondern mit mir selbst zu tun – eine Bürde. Ich wollte den »inneren Walser« loswerden. Es ist nicht so, daß ich ihn unterschlagen würde; ich wollte mich von einem walserartigen Schicksal fernhalten. Ich glaube, die walserischen Gefahren, die er ja selbst in seinen Gesprächen mit Carl Seelig benennt, waren mir nur zu vertraut. Näher möchte ich eigentlich nicht darauf eingehen.

Schriftsteller, die nur an der Außenwirklichkeit interessiert sind, plündern diese in Hinsicht auf Geschehnisse, auf verwertbaren Stoff. Was bei Ihnen vielleicht eine gewisse Nähe zu Lowry oder Céline schafft, ist die radikale, mit äußerster Konsequenz betriebene Plünderung Ihrer eigenen Biographie, Ihres eigenen Lebens nach Eindrücken, ja, vielleicht sogar nach Verletzungen, die sich in Literatur umformen lassen?

Klar, ich bin mein eigenes Stoffreservoir und manchmal mein Versuchskaninchen. Die Frage lautet zugespitzt, ob so ein Schriftsteller lebt, inklusive liebt, heiratet etc., um dann das gelebte Leben schreiben zu können. Es ist die Frage des Mißbrauchs. Diese Frage kann ich nicht so leicht beantworten. Wichtig ist für mich immer gewesen, daß ich nur aus der eigenen Erfahrung zu schöpfen gewillt war, daß ich mich für diesen Zweck unbedingt aussetzen mußte. Hier steckt das Abenteuerliche oder anders gesagt der Aspekt des Versuchskaninchens. Setzte ich mich aus, um darüber schreiben zu können, oder ging es darum, das Leben zu gewinnen? Wo ist das Leben? Es stimmt, daß ich mit der Zeit die Erfahrung machte, daß das Schreiben absoluten Vorrang hat vor allem anderen. Ich habe das lange bezweifelt; ich wollte es lange nicht wahrhaben. Ich habe lange Zeit immer gedacht, daß ich nach dem einen oder anderen Buch ohne das Schreiben auskommen würde, anders leben könnte, und es hat sich erwiesen, das es nicht möglich war. Die Frage nach dem Sinn des radikalen Verwertens führt zur Frage nach dem Opfer, zum Beispiel von nahestehenden Personen. Sie stellt sich selten so direkt. Der Schreibende ist ja auf der Lebensebene genauso verstrickt wie sein Partner, und im Verlauf kostspieliger und schmerzhafter Prozesse reift er zu bestimmten Entscheidungen heran. Eines Tages macht er vielleicht dann den Schritt, der metaphorisch gesprochen ein Schlachtfeld zurückläßt, er optiert für das Schreiben. Auf seine Weise ist auch er ein Opfer, denn was er eintauscht bei diesen Entscheidungen, ist zum Beispiel die Einsamkeit. Bei einem wirklichen, aufs Ganze gehenden Schreiben ist der Preis in erster Linie eine Einsamkeit, die man sich nicht gewünscht hat. Man denkt natürlich an die Gefühle der anderen. Man spart gewisse Menschen aus, wenn man einen Stoff verarbeitet, um sie nicht zu »verwursten«. Bei mir ist es so, daß das Autobiographische nur selektives Material ist, das ich für meine Fiktionen verwende. Das Rohmaterial meines gelebten Lebens geht in meine Aufzeichnungen, diese andere Schreibproduktion, ein.

Um in die Gegenwart zurückzukommen: In der Literatur stehen Sie für einen großen europäischen Einzelgänger. Könnte man darin die Haltung eines literarischen Weltbürgers sehen, der schlicht »in der Welt zu Hause ist«, oder steht dahinter einfach nur die Flucht in die Innerlichkeit? Das Ich als Rückzugsmöglichkeit vor der sogenannten Wirklichkeit?

Ich weiß nicht, ob das große Wort »Weltbürger« der richtige Ausdruck ist. Ich würde sagen, ich gehöre einfach meiner Zeit an, ganz schlicht gesagt, ich bin ein Zeitgenosse. Einer, der sich als Zeitgenosse bezeichnet, würde damit meinen, daß ihm dieser Titel deshalb zukommt, weil er ein entsprechendes zeitgenössisches Bewußtsein erlangt hat und damit eine Instanz geworden ist. Das würde ich für mich nie so sagen. Ich würde eher sagen, daß ich sowohl nach meiner Kondition wie nach meinen Hoffnungen und Wünschen »ein Hund meiner Zeit bin«, wie Canetti es einmal formulierte. Ich bin ein von meiner Zeit durchtränktes Wesen; insofern ein Produkt, ein Stempelgebilde meiner Zeit, doch die eigene Zeit kommt in meiner Arbeit nur indirekt zu Worte, insofern ich sozusagen die ganzen Opferstigmata herauskristallisieren möchte. Ich meine damit unter anderem ein Grundgefühl, das ich schon von allem Anfang an hatte, ein Gefühl – es tönt jetzt vielleicht modisch –, daß ich in einer Endzeit lebe. So wie ich auch schon sehr früh den Eindruck hatte, das übergreifende Gebilde Europa, das wir so wichtig nehmen, sei schon längst in den Schatten getaucht, und die Sonne, der Zenit, sei über ganz anderen Breiten aufgegangen. Das heißt, daß wir uns im Grunde schon in einem Bereich des Vergessens, des bereits eingeleiteten Vergessens, aufhalten. Wenn ich Vergessen sage, meine ich an einer Peripherie und jedenfalls nicht im Zentrum der Welt, sondern an geschichtlichen Rändern.

Ihre Bücher kreisen stets um das eigene Leben, um die eigene Biographie. Wollte man dies kritisch lesen, so könnte man darin leicht eine ahistorische Schreibhaltung sehen, die jede äußere Veränderung negiert und für ein selbstgeschaffenes Vakuum steht. Offenbart sich die ausschließliche Konzentration auf das eigene Ich nicht mitunter als Sackgasse? Als Eingesperrtsein? Als Gefängnis?

Nein, ich glaube nicht, daß es ein Eingesperrtsein in mich selbst ist. Wir können ja das, was wir Wirklichkeit nennen, nur da, wo es wirklich seinen Niederschlag hat, nämlich in der eigenen Erleidenszone, im eigenen Ich, berühren, zuteilen und in Worte fassen. Für mich war dieses sogenannte Ich nie eine ausgesparte Zone, sondern ein Durchgangsbahnhof von tausenderlei Zügen, die durch mich, durch den Bahnhof, hindurchfahren.

Das Ich ist für mich ein Knotenpunkt und nicht der Elfenbeinturm. Das wiederum führt zur Frage, was Wirklichkeit überhaupt ist. Zu meinem Schlachtruf, den ich schon sehr früh angestimmt habe, zählte immer das Lebensmotto »kein Einzelfach«, sondern ein vollkommen durchlöchertes Ich. Das Ich sozusagen als Taubenschlag, als Schlachtfeld, als Stempelwachs, aber nicht, um es zu konservieren, um es aufzusockeln. Wenn auch in mir eine Neigung oder Hoffnung vorhanden ist, daß ein wirklich ausgeplündertes Ich vielleicht so etwas wie den Ton einer Saga, die Kraft einer Saga annehmen kann … Jeder Mensch erlebt die Wirklichkeit als der Mensch, der er ist, mit allen Bedingungen, die sein Sein und sein Selbst ausmachen, denn anderswo ist die Welt nur in einem theoretischen oder abstrakten Sinn vorhanden. Zu erfahren ist sie tatsächlich nur in der eigenen Existenz.

Sie arbeiten erklärtermaßen als Sprachschöpfer, der nur die von ihm sprachlich hergestellte Wirklichkeit akzeptiert, der jeder erzählbaren Geschichte, jeder »Story« ganz bewußt ausweicht. Könnte man Ihre Schreibhaltung nicht auch so definieren, daß hier einer der Wirklichkeit ausweichen muß, um nicht ihren, sich ihm immer wieder aufdrängenden »Geschichten« zu verfallen?

Ich unterscheide grundsätzlich zwischen Außenwirklichkeit und Innenwirklichkeit, und da kann ich auch gleich sagen, was ich gegen die nach Handlungssträngen gesponnenen Geschichten habe. Wenn ich gelebtes Leben, sei es mein eigenens oder das eines anderen, anvisiere, wenn ich es auf seinen Handlungsablauf hin anschaue, dann ist für mich jeder herausgetrennte Einzelstrang eine Interpretation unter vielen möglichen anderen Interpretationen. Ein ganz willkürlicher Deutungsversuch und meistens eine Versimpelung oder Verfälschung, weil er den ganzen Komplex mißachtet. Mein Ich ist ein Ich, das sich der Außenwirklichkeit nicht nur aussetzt, sondern sich praktisch davon wie ein Schwamm durchtränken und sättigen läßt. Ich kann dieses durchtränkte oder gesättigte Ichfeld wie einen Teich anschauen; einen Fischteich, einen Teich mit vielen Lebewesen, und hinter den Lebewesen sind Energien, Impulse. All diese

Energien, die nicht erkennbar, nicht deutbar sind, aber die so etwas wie ein Spiegelbild der in mich einfallenden Wirklichkeit ausmachen – das wäre für mich der eigentliche Fischgrund.

Wenn ich mich nun daran mache, aus diesem Fischgrund lebendige Wirklichkeit herauszufischen, herauszudestillieren, dann ist das eine Angelegenheit der Sprache, der Sprachschöpfung. Die Angelrute und die Köder, die ich in diesen Teich hineinwerfe, sind Punkte der eigenen Betroffenheit, wo das Ich von der Außenwirklichkeit ergriffen, gefärbt, bestimmt, herausgefordert, gequält wird. Das ist natürlich auch der Ort, wo Außen und Innen zusammenfallen im Brennglas der eigenen Existenz. Diese echten Elemente kann ich nur dann an Land ziehen, wenn ich das Wort dafür finde, das Wort, das kein Klischee, sondern ein Taufname ist.

Da sitzt der sprachschöpferische Furor, der beileibe nicht damit zu tun hat, Leser zu irgend etwas zu verführen, schöne Texte zu erfinden, sondern ebendiese existenzgefärbte Wirklichkeit zu packen. Das erfordert im gewissen Sinn eine Abwendung von der Außenlandschaft, eine Abwendung vielleicht im Sinne der Meditation.

Erst wenn ich auf diesem neuen Bildschirm zwischen wahr und falsch, zwischen richtig und vage die Worte finde, erst dann habe ich sowohl etwas von der Wirklichkeit, die mich umgibt, aber auch prägt, ergriffen und in Worte gefaßt, wie auch mich selbst, als Produkt dieser Wirklichkeit, neu empfunden – mehr kann ich dazu nicht sagen.

Nun ist es natürlich so, daß diese schöpferischen Texte beim Leser eine Mitarbeit erfordern. Natürlich springt ein Massenpublikum auf solche Texte weniger an, es läßt sich viel eher von reinen Handlungsgeschichten fesseln und mittragen. Das ist aber nicht meine Angelegenheit. Ich zähle auf Leute, in deren Apparat mein Groschen fällt. Wie ich ja überhaupt der Meinung bin, daß ein Großteil der Literatur eigentlich nur Distribution, Verwässerung, Verteilung wirklich schöpferischer Optiken ist. Es gibt eine mehr oder weniger geringe Anzahl von primär schöpferischen Autoren, die einen kleinen Kreis ansprechen – einen Kreis von Leuten, die zur reproduzierenden Mitarbeit fähig und bereit sind. Von dieser Gruppe gehen dann auf Absickerungswegen allerlei Reproduktionen der »Originalleistungen« aus.

Viele Leser oder wenige Leser zu erreichen, mit anderen Worten: der Popularitätsgrad ist kein Problem, das mich aufrührt. Ich weiß, daß ich einen bestimmten Platz habe, daß andere einen anderen Platz haben. Das sind für mich Fragen des Betriebs.

In diesem schöpferischen Prozeß passieren ja recht unterschiedliche Dinge. Zum einen gilt, wie Sie es einmal in Ihrem Buch Im Bauch des Wals *formuliert haben: »Nur nicht in einem versiegelten Waggon durch eine undurchdringliche Finsternis in den Tod reisen.« Zum anderen hat man das Gefühl, hier will einer den Waggon aufmachen, zum Leben erwachen, sich in die Wirklichkeit einschreiben.*

Das Bindeglied zum Publikum ist für mich das in der Alltagswirklichkeit verlorene und leidende Ich, das sich seinen Weg sucht, und zwar unter anderem durch eine ganz persönliche Bewußtseinsarbeit. Das ist ein Vorgang, den prinzipiell jedermann teilen kann, weil jeder Mensch auf irgendeinem Niveau dieser Problematik ausgesetzt ist. Man will sich ja einen Vers machen auf das, was geschieht. Was geschieht, ist ein Strom, in dem man verloren ist, oder eine Maschine, die einen brutal verwurstet. Eine Finsternis. Wenn man seinen eigenen Fixpunkt finden will, beginnt man mit Nachdenken, und das geschieht ja in Worten, in Sprache, es gibt kein anderes Nachdenken!

Im Zentrum meiner Arbeit steht eigentlich die dauernde Anstrengung, Worte zu finden für eine mir fremde Wirklichkeit – die Versprachlichung! Ich habe festgestellt – und das mag ein Widerspruch sein zum früher Gesagten –, daß sich viele Leute damit identifizieren können, auch Menschen, die nicht direkt mit Literatur zu tun haben. Ein Beispiel: Ich bin mit meinem Coiffeur, der übrigens so ähnlich aussieht wie Depardieu, des öfteren ins Gespräch gekommen. Er weiß, daß ich Schriftsteller bin, wir unterhalten uns über alles Mögliche, während er sich mit meinem Kopf beschäftigt. Eines Tages sagt er zu mir, er möchte etwas von mir lesen. Ich bringe ihm also ein Buch mit. Monate später kommt die Quittung: »Das ist ja wahnsinnig aufregend, was da in Ihren Alltagsgeschichten oder besser Sätzen passiert. Dieses Geschehen ist viel spannender, als wenn im Fernsehen ein Helikopter explodiert.«

Meine Art, etwas zu erzählen oder zu entwickeln, war für ihn offensichtlich zwingend. Das heißt, er konnte sich mit dem geistigen Vorgang, mit dem Prozeß des Versprach-lichens, vollauf identifizieren, und er begann dann auch, diesen Prozeß ganz bewußt bei sich selber abzuhören. Er sagte mir damals unter anderem noch: »Seit ich Ihr Buch gelesen habe, bin ich wie immunisiert für andere Bücher. Ich kann andere Bücher nicht mehr lesen.«

Das ist eine authentische Replik. Da kann einer in die exo-tischsten Gebiete fahren, die wildesten Abenteuer erleben, von gräßlichen Untieren aufgefressen werden, womöglich durch ihren Bauch wandern, und was am Ende als Bericht herauskommt, ist nur eine platte Fotografie, irgendeine sim-ple Horrorstory. Ein anderer läuft in seinem Zimmer hin und her, beschreibt dieses Auf- und Abgehen, findet die Worte, und plötzlich bricht eine ganze Welt auf.

Die Zen-Meister im alten Japan versuchten ja durch ver-schiedene Praktiken einen Zustand der inneren Stille zu erreichen; den Moment, in dem der Gegenstand an sich in seiner substanzlosen Reinheit erscheint. Hat Schreiben für Sie auch eine magische Funktion? Ist es eine Art der

*Meditation? Eine Suche nach der ursprünglichen Form,
die hinter den Worten liegt?*

Was diese Form der Meditation durch's Schreiben betrifft,
so bestand in mir immer schon eine Neigung oder ein inneres Verlangen danach. Ich nenne das für mich selbst: den
erhöhten Zustand oder den Zustand des Entflammtsein,
der dann in ein Innesein übergeht und natürlich eine Über-
einstimmung von Ich und Dasein – und das wäre das reinste
Bild – erzeugt. Da ist ein Impetus, sowohl meiner persönlichen Existenz wie auch meiner Schreibexistenz, in diese
Zustände hineinzugelangen, die etwas mit gereinigter Meditation zu tun haben. Nun sind diese Zustände natürlich
das Gegenteil von Schreiben, weil sie sowohl der Anfang
wie auch das Ende sind. Es sind Zustände, die jeglichen
Zeitbegriff aufheben: das reine Sein. Das war bei mir eigentlich immer ein Widerspruch zum Schreiben, weil Teile meiner Natur dahin tendieren. Ich wollte oft in diesen Zuständen ankommen, nur kann man sie ja nicht verlängern, man
müßte dann vergehen oder sterben.

Ich würde sagen, sie sind für mich so etwas wie Leuchtfeuer
gewesen. Und danach mußte ich halt wieder in die Schreib-
wirklichkeit untertauchen, die von vornherein mit Sünde zu
tun hat, weil sie mit dem Fluch der Aussichtslosigkeit, der
letztendlichen Aussichtslosigkeit behaftet ist, weil man mit
Schreiben und überhaupt mit irgendeiner menschlichen Tätigkeit nicht dahin gelangen kann.

1993

Erfahrung und Meinung eines
Freischaffenden

Blicke ich auf die nunmehr lange Zeit zurück, die ich als Freischaffender verlebt habe, dann sehe ich mein Schiff immer wieder in finanziellen Krisen auf Grund laufen und meine Arbeit in Sackgassen enden. Wenn sich die unbezahlten Rechnungen häuften und auch nicht die geringste Aussicht auf Einkommen bestand, wenn *diese* Realitäten sich in Kopf und Gemüt breitmachten, dann wird die der schöpferischen Arbeit bekömmliche Geistesverfassung ziemlich unterminiert. Und ich verwünschte meinen verwegenen Grundsatz »Ich setze auf die Produktion und nicht auf Sicherheit«. Die Produktion schien beim Teufel, und ich glaubte mich gescheitert: Ich sah die Expedition, die ich für mein Leben hielt, immer wieder Schiffbruch erleiden.

Natürlich hatte ich Umgang und Vertrautheit mit der Unsicherheit, und deshalb führte ich ein möglichst kleines Gepäck mit mir, ich lebte mit geringem Kostenaufwand, die längste Zeit besaß ich keine Wohnung, bloß atelierartige Bleiben zu minimalen Mietzinsen etc. Es war eine Anpassung nach unten, die einen über Wasser hielt und es erlaubte, mit Schuldenmachen Brücken zu schlagen; aber es wäre unehrlich und überheblich, wollte ich leugnen, daß ich meine Arbeit ohne die Zuwendungen hätte durchführen können, die ich in Form von Werkjahren, Stipendien, Preisen erhalten habe. Ohne diese Zuschüsse der sogenannten *öffentlichen Hand* hätte ich das Bisherige bestimmt nicht geschafft.

Das Einkommen eines Schriftstellers setzt sich in der Regel nur zu einem geringen Teil aus der prozentualen Beteiligung am Buchverkauf zusammen. Wichtiger sind die Einkünfte aus Lesungen, Vorträgen, Übersetzungen, Verfilmungen etc. Und zu alldem gesellen sich die Zuwendungen der öffentlichen Hand, die das Salär erheblich aufstocken.

Es ist nicht übertrieben, wenn ich Literaturpreise, Ehrengaben, Werkjahre zum unentbehrlichen Realeinkommen des Schriftstellers addiere – in der Regel darf ein Schweizer Autor, sofern er sich einigermaßen ausgewiesen hat, mit einer mehr oder minder nahrhaften Ausschüttung von seiten der öffentlichen Hand rechnen. Das Geld stammt aus den Literaturkrediten von Stadt, Kanton oder Bund oder aus dem Fonds einer privaten Literaturstiftung – in der Schweiz ist ein ziemlich feinmaschiges Netz von entsprechenden Förderungsmaßnahmen gesponnen. Und von alldem zusammen lebt der Schriftstellermensch, vorausgesetzt er hat sich literarisch bemerkbar gemacht; vorausgesetzt ferner, er ist imstande, einigermaßen regelmäßig und ohne allzu große Pausen zu produzieren – was bei mir nicht der Fall war, da ich einmal sieben und ein andermal sechs Jahre gebraucht habe, bis ich mit einem nächsten Buch herauskam.

Beim ersten Intervall habe ich mein Schreiben und mich mit Kunstkritik über Wasser gehalten und diese Situation als problematische Konkurrenzierung meiner eigentlichen Arbeit empfunden, und zwar deshalb, weil der immer neue Kurzstreckenlauf im Zeitungs-, Aufsatz-, Essay- oder auch kleinen Kunstbuchformat den langatmigen Enstehungsprozeß eines Romans unterhöhlt, zermürbt und zerhackt. Für mich ist es jedenfalls so. Es handelt sich ja beim Romanschreiben um geheimnisvolle Vorgänge, bei welchen das Niederschreiben nur den kleinen Teil der Arbeit darstellt. Ich glaube heute, daß ich durch meine Kunstkritikertätigkeit etliche Bücherzeit verloren habe.

Es mag sein, daß die Schriftsteller mit bürgerlichem Beruf es diesbezüglich leichter haben, weil sie *Freizeit* besitzen – gebündelte Freizeit, bezahlte Ferienzeit – zum Schreiben. Aber ich spreche hier vom freien Schriftsteller, und für mich ist eine andere Form von Schriftstellerexistenz nicht denkbar. Bin ich nämlich angestellt, dann werde ich die Interessen, Weltanschauungen, Ideologien meines Arbeitgebers beim Schreiben mehr oder weniger bewußt vor Augen haben, berücksichtigen, verinnerlichen. Es gibt Dinge, die ich im Gedanken an meine Abhängigkeitsstituation besser nicht zur Sprache bringe oder chiffriere. Ich passe mich an, übe also beim Schreiben Selbstzensur; oder ich meine, eine Doppelrolle zu spielen, ein Doppelleben zu führen, und bin mir selber nicht glaubhaft.

Ich war im Jahr 1961 als Leiter der Kunstkritikredaktion bei der *Neuen ZürcherZeitung* fest angestellt, das heißt, ich versuchte es zu sein, gab aber die kaum begonnene Karriere wenig später auf, da ich so etwas wie den *Marschbefehl* für mein Buch *Canto* empfangen zu haben glaubte. Ich hätte als fester Mitarbeiter der *NZZ*, als eine Art Kunstverweser, den *Canto*, der neben anderem auch eine Aussteigerbuch, vor allem aber ein radikales Ich-Buch ist, nicht ungehemmt schreiben können, ich wäre mir selber nicht glaubhaft gewesen, die öffentliche Position, die ich innehatte, würde mich geknebelt haben, ich hätte andauernd das Gespenst meines Brotgebes und der *NZZ*-Leser vor Augen gehabt, sie hätten mit über die Schulter geguckt, ich hätte, wenn nicht aufgehört, so doch verklausuliert und zensuriert geschrieben. Ich denke, daß die Hermetik, die für eine gewisse Schweizer Literatur kennzeichnend war, als Ausdruck dieser Angestelltenhaltung dem Auftraggeber Staat gegenüber anzusehen ist.

Und ich denke, daß ich bei meinem Roman *Das Jahr der Liebe* einen Aspekt, den ich für Wahrhaftigkeit und Offenheit halte, nicht so weit hätte vorangetreiben können, wie es mir möglich war, wenn ich mich nicht in die pariserische Vogelfreiheit begeben und einer Einsamkeit ausgesetzt hätte, in der kein Hahn nach mir krähte. Die Vogelfreiheit war eine Schreibfreiheit, die ich in Zürich, wo ich bekannt und verstrickt war, nicht gefunden hätte, weil ich mir mit den Augen des integrierten Zürchers und der Öffentlichkeit am Platze zugesehen, mich bespitzelt und zur Ordnung gerufen hätte – zu welcher Ordnung? Aber die Vogelfreiheit

und Schreibfreiheit hatte ihren Preis: das Arm- und Alleinsein. Und dennoch ist bei meinem Schreiben der Staat immer wieder gegenwärtig gewesen, der mich mit Stipendien,
Preisen, Werkjahren unterstützende Staat. Hätte ich, der ich
für die Unabhängigkeit des Schriftstellers, für den FREIEN
SCHRIFTSTELLER plädiere, dieses Geld aus Reinheits-
gründen und Kompromißlosigkeit zurückweisen müssen?
Ich hätte es mir gar nicht leisten können. Es ist nämlich für
den auf einem langen Marsch befindlichen und mit einer
Recherche von langer Dauer befaßten Schriftsteller ohne
bürgerlichen Beruf in Zeiten der Not keineswegs leicht, eine
Brotarbeit zu finden. Er übt ein dermaßen spezialisiertes
Metier aus, das außerhalb des eigentlichen Schreibens kaum
Anwendungsmöglichkeiten findet. Ich war mehrmals in der,
wie sich zeigte, falschen Versuchung, nach Jobs Ausschau zu
halten, und habe dabei nie reüssiert. Mein Ausweis oder spe-
zifisches Können waren keine Hilfe. Auch das journalisti-
sche Schreiben ist kein natürlicher Seitenwagen des Schriftstellers, ein Prosaautor ist ja nicht automatisch zugleich
Reporter, politischer Kommentator, Reiseberichterstatter,
Spezialist für die dritte Welt, Telesketch- oder Spotherstel-
ler, Kulturreferent, Sportsachverständiger, er ist möglicherweise in all diesen Sparten ein Narr und Idiot; selbst wenn er
sich in dem einen oder anderen Gebiet einarbeiten könnte,
ist die Beschäftigungslage zum gegebenen Zeitpunkt sicher
nicht dergestalt, daß man nach seinen Diensten lechzen
würde. Es bliebe dann wirklich nur die öffentliche Hand,
aber darf der Schriftsteller sich in der Überzeugung wiegen,
der Staat schulde ihm etwas?

Warum sollte ein im monotonen Arbeitsprozeß des Ange-
stelltendaseins eingespannter Steuerzahler Geld lockerma-
chen wollen für einen, der in seinen Augen ein Tagedieb oder
aber insofern privilegiert ist, als er sich erkühnen konnte, die
Freiheit zu wählen mitsamt den Nächten, die er sich um die
Ohren haut, und den Tagen, die er verbummelt, wenn nicht

verschläft, kurz: mit einer Lebensführung, die dem angestellten Steuerzahler nur ein Dorn im Auge sein kann? Außerdem gibt es ja bekanntlich Schriftsteller, die ihre Ware Buch so gewinnbringend absetzen, daß sie zu den Reichen gezählt werden können (und einige zu den Millionären), was immerhin beweist, daß Schriftstellerei nicht unbedingt Darben bedeuten muß, sondern durchaus ein Geschäft sein kann. Warum also sollte der Staat denjenigen, die eine schlecht verkäufliche Buchware herstellen, unbedingt unter die Arme greifen, es sind ja im Fall des schriftstellerischen Unternehmens keine Entlassungen und Arbeitslosen zu befürchten, und da wie anderswo gelten die Risiken und Gesetze der freien Wildbahn bzw. Marktwirtschaft.

Nun hat die Geschichte gezeigt, daß großer Buchabsatz und materieller Erfolg nicht unbedingt Ausweis literarischer Güte sind, aber sie hat ebenso gezeigt, daß auch anspruchsvolle, hochstehende Literatur nicht notwendig erfolglos bleiben muß. Es gibt gute lesbare Literatur, die sich auf dem Markt robust verhält und durchsetzt, und es gibt gute schwierige Literatur, die sich nicht verkauft, sie ist vielleicht zu fein gesponnen, anscheinend unkonsumierbar, Literatur für wenige. Diese ernährt ihren Mann nicht. Nebenbei bemerkt: Solche Literatur, nennen wir sie Literatur für Autoren, kann letztlich eine ebenso große und noch größere Wirkung ausüben wie die erfolgreiche. Mit Wirkung meine ich hier bewußtseinsbildende und -erweiternde Wirkung, nur daß sie auf *Absickerungswegen* zustande kommt. Sie reproduziert und vervielfältigt sich indirekt, etwa in Form von Beeinflussung anderer Autoren, ja ganzer Autorengenerationen, denen sie wegweisend wird.

Es bleibt aber die Tatsache bestehen, daß beim Volk der Literaturhervorbringer (oder -macher) eben gerade aufgrund des Warencharakters, den das Buch als Verkaufsprodukt besitzt, die krassesten sozialen Unterschiede bestehen und eine zum Himmel schreiende Ungerechtigkeit herrschen kann. Und beides läßt sich in diesem Falle nicht auf Leistung zurückführen und schon gar nicht mit solchen Kriterien messen, erklären und bedauern. Es ist nicht einfach so (oder Schicksal), daß man sagen könnte: Der eine steht im Licht, der andere west im Dunkel; der eine wohnt im Schloß und fährt einen Jaguar oder Bentley, und der andere hockt in einem alten Armeemantel und mit alten Finken in der ungeheizten Mansarde, *weil* der eine eben ein großes Publikum bedient, beglückt und literarisch ernährt (das es ihm mit klingender Münze heimzahlt), während der andere sich nicht verbreiten möchte und so schreibt, wie wenn er für wenige Auserwählte, die seine Sprache sprechen, einen Brief oder eine geheime Botschaft verfaßte. Es könnte nämlich so sein, daß der Mansardenfrierer die Sprache von morgen schreibt oder im Alleingang eine Bewußtseinsstruktur entwickelt für eine undurchsichtig gewordene Gegenwart, daß er Finsternis aufhellt und wirkliche Lebens- oder Überlebensenergien freilegt, während der Schloßherr und Jaguar- oder Bentley-Mann und akklamierte Held der Gesellschaft bloß etwas verwässert und verdünnt hat, verteilt und eigentlich kommerzialisiert, also erntet, was ein inzwischen verschollener oder erfrorener Mansardist damals im Alleingang ausgebrütet und in Worte gefaßt und damit denkbar und vielleicht sogar lebbar gemacht hat.

Die Frage ist indes: Wieviel Anerkennung braucht der Mensch, um überleben und als Schriftsteller weitermachen zu können? Der Mißerfolg ist eine böse Schlange, sagt Robert Walser, er meint mit Schlange die verheerenden psychologischen Auswirkungen der Echolosigkeit (und fehlenden marktmäßigen Honorierung) auf das Selbstwertgefühl des Autors – Auswirkungen, die bekanntlich bis zum Selbsthaß und zur Selbstauslöschung reichen können.

Läge hier die Aufgabe des Staates, lindernd und ausgleichend einzugreifen? Wie sollten die Beauftragten desselben vorgehen, wenn sie das Literatur-Geld verteilen? Sollen die Kommissionen, die auf Gemeinde-, Kantons- und Bundesebene die zur Verfügung stehenden Mittel des jeweiligen Literaturbudgets verteilen, nach rein »künstlerischen« Prinzipien vorgehen, indem sie versuchen, den einmaligen schöpferischen Wurf, das Original, die Bestleistung auszuzeichnen, im besten Sinne die »Kunst«? Oder sollen sie sich als Suppenausteiler für die Erhaltung des Berufsstandes verstehen? Soll einer erhaltenswerten delikaten, aber eher raren Spezies das Überleben gesichert werden? Auszeichnung oder Almosenpraxis?

Das zu verteilende Geld ist das Geld der vielen, und die Kommission, die über dessen Ausschüttung befindet, wird so zusammengesetzt sein, daß sie die Interessen und das soziale Gefälle und Geflecht der vielen – diese »Vielfalt« – reflektiert. Die Kommissionsmitglieder und über ihnen die Vertreter des Souveräns, die Kulturvorsteher, können nicht anders vorgehen, sie wären sonst keine Demokraten und Förderalisten.

Diese Praxis fördert – beim besten Willen und selbstverständlich nach den denkbar besten Qualitätsprinzipien – eine demokratische Vielfalt und den Berufsstand als solchen, aber damit möglicherweise auch eine gewisse Nivellierung, weniger die »Kunst« im strengsten Sinne des Wortes und auch nicht sonderlich das Ansehen und Prestige der Kunst in der Öffentlichkeit. So mag sich ein Preisträger bei der öffentlichen Vergabe weniger ausgezeichnet, erkannt und erwählt als gleichgeschaltet empfinden mit anderen Preisträgern, für deren Erzeugnisse er sich von seinem Standpunkt aus eher Strafen und Verbote erdacht hätte als Preise, und dies nicht aus ideologischen oder böswilligen persönlichen Gründen, sondern allein deshalb, weil die Prämierten in seinen Augen statt lebendiger Literatur totes Papier, Häkeleien, Schaumschlägerei oder Schöngeisterei abgeliefert oder auch nur eine hohe Anzahl von Dienstjahren in Ausübung des Metiers absolviert haben.

In der Kunst hat das Demokratische nichts zu suchen, sie hat abertausend Gesichter, aber nicht Stufen und Ränge, sie findet nicht auf allen Ebenen statt, sie fängt von einem bestimmten Niveau überhaupt erst an, Kunst zu sein, und was sich unterhalb dessen befindet, ist Nichtkunst oder der Tod des Kunstwerks. Kunst kann nur den kühnsten dichtesten Ausdruck, die originäre Leistung meinen, die sich selber am Höchsten mißt. Sie soll und muß Schöpfung sein, nicht weniger als Schöpfung einer neuen und so noch nie gesagten Welt; zu ihren Merkmalen gehören das Odium des Neuen und Unbequemen, das Innovatorische, Einmalige, Unvergleichliche und Unwiederholbare, das Radikale und eben nicht das Gefällige, Betuliche, Ad-usum-delphini-Geschneiderte. Das Kunstwerk kann nicht von allem etwas besitzen, sonst müßte es sich selber kastrieren. Es ist dieser Kunst-*wert*, der dem echten Kunstwerk das lange Überleben garantiert, dieses Gestaltannehmen in der Zeit und Sichöffnen mit immer neuen Facetten und Dimensionen.

Wie eine ideale Kulturförderung aussehen könnte, weiß ich nicht. Als Leser reagiere ich auf viele Bücher mit großem Aufklärungsgehalt und Kunstverstand indifferent. Ich stelle sie ins Regal zurück und denke, getane Arbeit, du wirst möglicherweise wieder hineinschauen, wenn du die oder jene Information brauchst. Und es gibt Bücher, die mich beim Lesen dermaßen packen, daß ich immer wieder einhalten muß, weil aus den Sätzen und Sprachgängen, der Sprache, so viele Bilder und Gedanken aufsteigen, nein, in mir explodieren. Ich fühle mich vervielfacht, überlebendig (oder ich erwache erst jetzt in die Lebendigkeit hinein), alles hat auf einmal so viel Substanz – nie geschautes *Leben*. Diese Bücher gehen mir unter die Haut, und ich habe das Gefühl, daß sie fortan in mir zirkulieren, weil sie in meinen Kreislauf eingegangen sind, obwohl ich das Gelesene wieder vergessen werde. Sie haben sich mir amalgamiert, sie haben mich verändert, und meine Sicht und Sensibilität werden von nun an um die aufgenommene Substanz, um ein Ferment, eine Dimension weiter sein. Ich würde *diese* Bücher fördern wollen, wäre ich in Kulturfragen der Schneider im Himmel. Und ich würde die Sehnsucht haben, daß viele andere diesen Schock und Zuwachs mit mir teilen könnten. Ich glaube, die Autoren solcher Bücher sind die Würmer, die den von Profitsucht, falsch verstandener Ordnung, Phantasie- und Ideenlosigkeit, Dummheit und Unmenschlichkeit zubetonierten Boden unserer Wirklichkeit auflockern. Ich möchte diese Leute am liebsten an die Macht bringen. Ich würde mir die Ehre geben, derlei Mitbürger aus der Zellenhaft und Verbannung ihrer Schreibexistenz herauszubitten. Einige wären bereit dazu. Der Maler Karl Jakob Wegmann etwa hatte mit seinen Büchern *Gambit I* und *II* das Fremdland der Stadt- und Verkehrsplanung betreten und mit seiner Herausforderung für erhebliche Unruhe in der Zürcher Planerwelt gesorgt. Er tat es in und für Zürich, mit Zahlen und Zirkel, er meinte es ernst. Es war in seinem Falle kein Berufswechsel, sondern die Verlängerung und Projektion seines bildnerischen Weltdenkens in die realen Dimensionen der Großstadtplanung. Aber er wurde wieder ins Ghetto des Künstlers abgeschoben. Warum? Weil die Kunst in die Vitrine gehört oder ins Schmuckkästchen und nicht in die Realität. Hier müßte eine neue Kulturdiskussion ansetzen. Sie muß der Öffentlichkeit Kunst in ihrem Realitätsbezug, ihrem Leben-Meinen und Leben-Stiften, ihrer Lebensmacht, begreiflich machen.

1983

Das Leben geben

Nach einem Credo befragt, müßte ich antworten: DAS LEBEN GEBEN, weil diese drei Worte den Inbegriff meines schriftstellerischen Anspruchs bilden. Es ist ungeheuer schwierig, den Sätzen und Seiten Leben einzuhauchen, Eigenleben und unzerstörbares Fortleben hoffentlich; noch schwieriger ist es, aus den Sätzen und Seiten ein selbstversorgerisches, autonomes Gebilde, ein Buch zu filtern. Es ist jedoch überwältigend, wenn die aus Worten gebundenen Zeilen Leben abgeben, wie der Brunnen Wasser abgibt. Mit dem Bild des Brunnens meine ich zum einen etwas Unerschöpfliches, ja Überschäumendes, zum anderen das Erfrischende, etwas wie Sauerstoff, der in den Sensorien des Lesers zu prickeln und zu zirkulieren beginnt und regenerierend auf immer tiefere Zonen einwirkt, die eigenen Bilder aufrührt und die Erinnerungen wachruft und schließlich die Existenz ergreift. Ich spreche von der lebenerweckenden Wirkung der Sprache.

Dabei bin ich mir bewußt, daß das Gesagte sehr allgemein und wie eine Banalität oder wie ein frommer Wunsch klingen mag, weil Sprache beim Prosaisten als ein Transportmittel thematischer Mitteilungswürdigkeiten angesehen wird, als ein adäquates, stilistisch interessantes, ja, aber eben doch als ein Mittel. In meinem Falle ist mit dem Hinweis auf die Spracharbeit das Wichtigste und mit den auf die Spracharbeit bezogenen drei Worten DAS LEBEN GEBEN nicht nur mein zentrales Interesse angesprochen, sondern ein ganzes Dichtungsprogramm gemeint. *Ich bin ein Sprachmensch und kein Inhalteverteiler* (kein Geschichtenabzapfer, kein Verpackungsathlet), lautete mein frühester Schlachtruf. Ich wollte damit markieren, mein Motor sei ein Sagensdrang, aber auch eine Sagensnot und kein anderweitiges Engagement. *Ich bin nur, soweit ich es und mich sagen kann.* Meine Bücher kreisen um diese Fragen, sie leben die Entstehung einer Welt in Worten vor, sie handeln von der Schöpfungsthematik.

In einem weiteren Sinne kreisen meine Bücher um die Frage: Wie kann ich das sich verlebende, das unabsehbare, das unerreichbare Leben mit Bewußtsein an mich bringen? Und wie kann ich mich aus diesem Ozean selber an Land ziehen und als Existenz versammeln? Wie kann das nötige Innesein, das ein gesteigertes Am-Leben-Sein heißen dürfte, eine Auferstehung, herbeigeführt werden? Ich nannte diesen Aspekt meiner Arbeit DAS ERINNERN DER GEGENWART.

Ich verhehle nicht meine Not mit Büchern, weil ich in der Regel keine Buchideen habe, nur eine Schreibwut. Das Grunderlebnis ist das der Fremde, die dazugehörige Anfechtung die Absonderung in allen Schattierungen von der Langeweile bis zur Verlöschungsfurcht. Die Selbstwehr ist: der Versuch, sich einem unerreichbar scheinenden Leben einzuschreiben und sich das Entbehrte zuzuschreiben. Es ist der Versuch, stückweise mit Sprache Wirklichkeit zu zimmern, damit etwas stehe, auf dem ich stehen kann.

Schon als Adoleszent ahnte ich, daß die sogenannte Wirklichkeit nicht in Geschichten zu zapfen, sondern mit Sprache zu erschleichen, zu überrumpeln, zu erpressen, jedenfalls herzustellen sei.

Ich sehe mich als Gymnasiast auf der Münsterterrasse in Bern über die Mauer lehnen – unter mir die hängenden Gärten der Patrizierhäuser mit ihren Putten und steinernen Bänken unter Zierbäumen – und in die Unterstadt starren, in deren Straßen die Laternen angegangen waren. Die abendlichen Geschäftigkeiten drangen in gedämpften Geräuschen und vagen Zuckungen zu mir herauf, und ich verlor mich in diese Unterwelt, während mein Blick gleichzeitig zu den hohen Brücken und zum Fluß und noch weiter in die Landschaft schweifte. Das Ganze sprach als Lebensanruf auf mich ein, und ich ritt auf den Hebungen unbestimmter Gefühle, ich war der Betrachter, und ich war ein anderer, der sich von einer Stimmung hintragen ließ, und ich dachte, würde ich das Geschaute mit Worten festhalten wollen, hülfe alles Erzählen nichts, weil alles von meinem momentanen Zustand verfärbt und mein Zustand sowohl von den geschauten Dingen wie von namenlosen Mächten, die meine Sinne und Seele lenkten, beeinflußt war, und ich sagte mir, ich müßte, wenn ich *mein* Bild *jetzt* einfangen wollte, das Geschaute und mich selber vergessen und von etwas Drittem ausgehen, warum nicht von einem Bären oder Elefanten, wenn das Tier oder Wesen nur das verborgene Leben freisetzte und einbrächte, den Schnittpunkt, Innenraum, in dem der Puls schlägt. Es war mein erster Sehblitz und die Vorahnung dessen, was ich das Erinnern der Gegenwart nenne, das auf Sprachwegen und mit der Stirnlampe der Einbildungskraft zustande kommt. Ich weiß noch, ich dachte: Ich müßte mich von der Münsterstraße hinunterstürzen, ich der Unbekannte, in diese unbekannte Welt, und im Sturz etwas aufgehen lassen, was uns beide betraf und verband. Und dieses Etwas, ein Fallschirm, bildlich gesprochen, würde es und mich enthalten und entfalten. Ein Überfall auf mich und dies alles gleichzeitig müßte es sein. Mit Worten. Ich glaube, es war diese frühe Eingebung, die mich später, als ich mit Schreiben anfing, von Geschichten und Fabeln absehen ließ und in Wortfugen, sprachliche Murmeleien, in das Geflecht und dann in die Sprachmusik und Sprachmaschine stieß.

Ich bin ein Sprachwanderer, ich laufe den Worten und Sätzen nach, und manchmal bin ich auf der Suche nach einem verlorenen Fisch. Fabel und Faden interessieren mich nicht, mein Fall ist die Fahrt des Entdeckungsreisenden, dieses Auslaufen. In meinen Anfängen notierte ich:

»Ich bin ernsthaft unterwegs. Ich bin ein Schiff, das nicht nur Takellage putzt: das wirklich ausläuft, Wasser zu durchpflügen, unterwegs zu sein, vielleicht ein falsches West-indien zu sichten, jedenfalls aber was zu entdecken. Das abstößt, alle Segel setzt, alles setzt, fährt. Das sich bäumt, zerschlissen und gehoben sein will und auch das Fallen nicht fürchtet. Anders wiederzukommen. Nicht nur im Hafen ei-tel sich wenden, segelstolz staffieren will. Ein Schiff voller Fernrohre und Sterngucker, das seine unbekannte Fracht hinträgt. Messer sind an Bord, um allerlei zu schlitzen und verlorenzugehen. Fässer sind da. Gibt es ein Zeremoniell auf Deck? Höchstens um die Ausnahme dieser An-Bord-Welt würdig zu gestalten. Sonst wollen wir ruhig ausgezehrt und lumpenhaft werden.«

Mein Vehikel ist die Sprache; ich begebe mich mit der Sprache auf die Reise. Die Reise führt durch den Dschungel des Alltags wie durch die Weiten der Erinnerung, aber ebenso durch die Räume des Traums und die Fischgründe und Abgründe der Unterwelt. Sie passiert die Zollstationen der Reflexion und die Schleusen der Emotion, sie sucht nach dem Glück und durchquert die Einsamkeit.

Das Reisegebiet hat keinen bestimmten Namen, ich nenne es in meiner Unwissenheit das Leben. Ich schreibe mich sei-nen Landschaften entlang und suche in die unbekannten Zonen vorzustoßen, wenn möglich in die innersten Gärten einzudringen, wo ich mich den Ursprüngen nahe weiß, im-mer tiefer hinein, bis mir das Herz stockt, bis zum Ateman-halten. Bis kein Wort mehr hilft, es sei denn, in Verlegenheit eines richtigeren Wortes, die Bezeichnung GEGENWART oder Heimat. Ich weiß nicht, ob der Ort, den diese Hilfswör-ter anrufen, weit zurück, also bei den Ursprüngen, oder vorn in einem ganz nahen Unerreichbaren – in der Utopie? – liegt. Sicher ist, daß ich diesen geheimsten Bezirk immer wieder verliere, aus den Augen und dem Wissen verliere. Darum muß ich weitermachen. Muß ich mich immer von neuem auf die Reise machen.

Ich schreibe in allen meinen Büchern am selben Buch.

Es ist das Buch des Lebens. Viele vor mir haben damit begonnen, ich mache weiter, andere werden es fortführen.

1990

Über Romananfänge

Den Ton wählen – Die Distanz bestimmen

Meine Arbeitsweise hat mit langem Brüten – ich nenne es auch Inkubieren eines Stoffes – und dann mit einem skizzierenden Umkreisen und Herantasten zu tun. Dieses Stadium dauert so lange, bis sich eine erste Vorstellung von Form und Struktur des werdenden, nein schlummernden Textes einstellt. Mit der Form- und Strukturvorstellung ist für ein Abfuhrsystem gesorgt. Nun kann ich die Materie (das Material) in die Kanäle und Sammelbecken abfließen, kann ich die Wortkolonnen in eine bestimmte Richtung oder besser in ein Verkehrsnetz laufen lassen.

Wenn ich mit diesem Stadium einer ersten durchgeschriebenen Fassung beginne, pflege ich zu stocken und zu zaudern. Es gilt den Ton *anzuschlagen*, die Tonart zu wählen. Eine folgenreiche Entscheidung, nicht nur weil sie das Klima des Buches oder doch eines ersten Teils, eines Kapitels bestimmt, sondern weil sie die DISTANZ: die Distanz zum Geschehen, die Erzählerdistanz festlegt und überhaupt die Rolle des Erzählers. Es ist ja die Stimme und Diktion des Erzählers, die mit dem ersten Auftakt ertönt. Und der Erzählton fixiert das Verhältnis zum Erzählten, das – ich gebe hier nur einige Beispiele zur Illustration – naiv oder ironisch, kalt oder beteiligt, subjektiv, bekenntnisartig oder streng wie ein Bericht und insofern unbeteiligt ausfallen kann. Wenn Ton und Tonlage einmal gewählt sind, ist die Perspektive des Erzählens festgelegt.

Nehmen wir den Anfang von *Stolz*.

»Die Tramwagen kreischten in den Schienen, und er dachte in seinem Zimmer das Kreischen und Fahren mit. Im Zimmer wars ungewöhnlich kahl, und der Straßenschlauch draußen mußte jetzt, nachts, auch ziemlich leer sein. Ohne einen Blick aus dem Fenster, ohne sich zu regen, spürte und sah er die erleuchteten Wagen mit den baumelnden Griffen ihren Schienenweg schaukeln innerhalb der hohen Häuserwände, deren Fenster bereits erloschen waren oder eben verlöschten, eins nach dem andern. Das Ächzen, Knirschen und gelegentliche Kreischen, das aus dem kalten Straßenschacht tönte, spürte er in den Gliedern, wie wenn er die Bahn wäre, die sich an den Schienen rieb und schliff. Er liebte das schrille Geräusch, das den nächtlichen Pferch weiter machte. Er liebte den Pfiff von Lokomotiven, das Hupen von Schiffen, das Gellen von Fabriksirenen – alles, was aus und über sich hinaus gierte. Er war selber ganz von diesem Gieren erfüllt. Er war jung, hatte keine Ansichten, keine Aussichten, spürte nur dieses Dehnen in sich, spürte es physisch wie Gliederreißen, manchmal quälend, aber trotzdem war es das Eigenste, das er in sich aufzuspüren verstand.

Er saß nachts in seinem uneingewohnten Zimmer und wartete auf das Tram- und Schienengekreisch.«

Es beginnt mit einer Wahrnehmung von *außen*, einer Geräuschmeldung: dem Kreischen der Räder einer Straßenbahn auf den Schienen; und es geht gleich in den Widerhall des Geräuschs im Inneren eines behandelten Subjekts über – eines Subjekts, das keinen Namen trägt und nur dadurch charakterisiert wird, daß es in einem ziemlich kahlen Zimmer nachts wacht und sich mit dem Schienengekreisch insofern indentifiziert, als es mit den fahrenden und rasselnden Wagen wegfahren möchte. Der Lärm löst Freiheitsverlangen und Reisesehnsucht aus. Lebensgier. Die Einführung des namenlosen Protagonisten geschieht durch die Bekanntgabe eines ziemlich intimen Sachverhalts. Der Leser erfährt nicht, wie der Held aussieht, was er tut, welchem Milieu er angehört etc., sondern wie er sich fühlt. Im nächsten Absatz werden dann einige Informationen nachgeliefert. Es handelt sich um einen 25jährigen Studenten; Student steht in Anführungszeichen – offenbar weil er kein richtiger Student ist, womit gleich eine Unsicherheit bezüglich seines Standorts in der Gesellschaft angedeutet wird. Nachts arbeitet er auf dem Bahnhof, weil er kein Geld, aber eine Frau und Kind besitzt. Zur Sehnsucht nach Veränderung oder nach Abenteuern, diesen ersten charakterisierenden Bemerkungen, gesellen sich Angaben über den Zivilstand, über die Last der Verantwortung, die offenbar zu schwer ist für diesen unreifen Jugendlichen; Angaben, die das Bild einer Natur, die sich treiben läßt, noch verstärken. Wir haben es mit einem Fremdling zu tun. In einer darauffolgenden Rückblende wird erzählerisch nachgeholt, wie der junge Mensch zu seiner Familie, zum Studium, zu seiner Aushilfsarbeit etc. gekommen ist. Nachgeholt wird die Lebenszeit zwischen dem Abitur und dem fünfundzwanzigsten Jahr. Erst im letzten Satz des ganzen ersten Teils des Buches erfahren wir den Namen des Protagonisten. Er heißt Stolz, Iwan mit Vornamen, und er ist im Begriff, in eine einsame Gegend in Deutschland, in den Spessart, abzureisen, um da eine Examensarbeit zu schreiben. Er geht in die Einsamkeit.

Zurück zum *Ton*. Der Ton ist sachlich distanziert, obwohl das Interesse auf das Innenleben der Person gerichtet ist. Es stellt sich die Frage, woher der Erzähler um die Verfassung des jungen Menschen weiß. Es muß sich um einen Stolz nahestehenden Erzähler oder aber um einen Erzähler handeln, der sich für den *Fall Stolz*, für das Benehmen, das existentielle Verhalten interessiert. Die Anteilnahme könnte man mit derjenigen eines Verhaltensforschers oder Arztes vergleichen, den Text mit einer Fallstudie, einem entsprechenden Bericht. Es geht nicht um die psychologische Auslotung, es geht einzig um die Schilderung seiner Mechanismen. Soviel erst mal zum Ton dieses ersten Romanteils. Beizufügen wäre allenfalls, daß der Bericht sich einer gewissen Leichtigkeit und auch Geschwindigkeit befleißigt. Erzählt werden in ziemlicher Raffung fünf Lebensjahre einer jugendlichen Existenz auf 76 Buchseiten. Im zweiten Teil werden einige wenige Wintermonate auf 117 Seiten erzählt. Das Tempo des Erzählens verlangsamt sich, der Ton wechselt. Und damit die Perspektive.

Der zweite, der Hauptteil des Buches setzt folgendermaßen ein:

»Der Glashüttenhof liegt in einem Waldtal, direkt an der Landstraße. Er besteht aus einem länglichen Wohntrakt auf der einen, und aus mehreren hufeisenförmig angelegten Stall- und Wirtschaftsgebäuden auf der gegenüberliegenden Seite der Straße, die im Spessartwald verschwindet. An den Hof schließt sich noch die Behausung des Försters an, sonst sind weitum nur Felder zu sehen; Äcker und Felder, die in kaum merklichem Anstieg an die dunklen Waldfronten stoßen.

Das Tal hat das Aussehen einer in die Wälder verspannten Hängematte. Nur ein von Gebüsch und spärlichen Bäumen begleiteter, müde dahintorkelnder Wasserlauf durchbricht die Einförmigkeit des Ackergrunds, der in frisch gepflügtem Zustand von einem matten Rot, zur Zeit der Herbstregen und Schneeschmelze von der Farbe eines feuchtigkeitsgescheckten Löschpapiers ist. Dann scheint der graue Himmel schwer auf dem Land zu lasten, die Hofgebäude drohen im aufgeweichten Boden zu versacken, und die Überlandstraße, ungeteert und ungepflastert, schwimmt im Morast.

Zu dieser Jahreszeit ist das Gehen im Freien beschwerlich und wenig verlockend; das trübe Licht bei Tag geht schon am Nachmittag in die Finsternis der Nacht über, die von keiner Straßenlaterne gemildert wird. Das nächste Wegziel einige Kilometer straßaufwärts ist das Gasthaus mit Namen Kahlquelle. Die nächstgelegenen Ortschaften, auch nicht weiter als eine gute Wegstunde entfernt, sind von einer abschreckenden Öde: nichts als ein Haufen niedriger Klötze unter knappen Dächern, mit ebenfalls sumpfigen Straßen, auf denen kein Leben ist. Die männlichen Bewohner fahren zur Arbeit in die Stadt, ein Überlandbus holt sie früh ab und bringt sie abends zurück – immer bei Dunkelheit.«

Es beginnt mit Landschaftsbeschreibung, einer öden Winterlandschaft, in die Stolz gewissermaßen ausgespuckt wird und die ihn in der Folge verschlingen wird. Die Landschaft dient auch als Seelenspiegel. Das Tempo verlangsamt sich, die Optik oder Kamera rückt dem Flüchtling auf den Leib und läßt ihn nicht mehr los, sie verfolgt ihn ins Haus und auf seinen wenigen Streifzügen, sie belagert ihn, und sie belauscht ihn in den Selbstgesprächen und inneren Regungen. Man merkt gleich: Stolz ist in eine Falle geraten, er wird in ihr umkommen. Er wird zugrunde gehen, weil in der Falle der Einsamkeit seine Krankheit ausbricht. Sie heißt Lethargie und Melancholie und wird ihn wie ein Sumpf verschlingen.

Zurück zum *Ton*. Es bleibt eine distanziert-sachlicher Ton, nur daß die Distanz kürzer ist, gewissermaßen unerbittlich. Der Erzählton bringt kein sonderliches Mitgefühl für sein Forschungsobjekt auf. Ich sagte schon: Die Perspektive, die im Erzählton zum Ausdruck gelangt, sei derjenigen eines Verhaltensforschers oder Arztes verwandt. Wer ist der Erzähler? In welchem Verhältnis stehen Erzähler und besprochene Person zueinander? Woher weiß der Erzähler um seine Figur so intim Bescheid? Der Erzähler berichtet über eine Abspaltung seines eigenen Ichs, über ein Jugend-Ich, das ihm eher unsympathisch als sympathisch zu sein scheint, das er überwunden zu haben glaubt und mit dem er abrechnen möchte, weil es krankhaft und nicht lebensfähig und insofern eine in ihm schlummernde Gefährdung geblieben ist. Er bringt es in seiner Erzählung um. In diesem Buch könnte man nachweisen, daß das Wissen über jemanden und das Formulieren des Bescheidwissens eine Form des Tötens sein kann. Das Leben soll man nicht auf einen Nenner bringen wollen.

Daß Stolz in den Tod lief, war zu Beginn meiner Arbeit nicht vorgesehen. Der Tod ergab sich zwangsläufig aus der Einkreisung des Persönlichkeitsbildes.

Der Erzählton verrät diese Anmaßung. Man soll sich wirklich kein Bildnis machen. Ich habe nie wieder so geschrieben.

Im übrigen hatte ich mich mit der Vivisektion meines jugendlichen Doppelgängers und dessen Lebensunfähigkeit überhaupt nicht von einer gefährlichen Veranlagung freigeschrieben. Es war im Gegenteil so, daß die Krankheit der von mir erdichteten Gestalt, die sich fürs Leben nicht zu erwärmen vermochte, nach dem Erscheinen des Buches auf mich übergriff.

Ich komme nun zu *Das Jahr der Liebe*. Es beginnt folgendermaßen:

»Dieser Traum, ich schreibe ihn jetzt nachmittags hier in meinem Schachtelzimmer mehr oder weniger übungsmäßig nieder, während der Taubenmann schon wieder das *Zetern*, Quengeln, an- und abschwellendes Quengeln, mit seiner Alten beginnt, bis diese mit ihrer Gelle oder Feilenstimme erstmals ihm über Mund und Wesen fährt, Machtanmeldung, und während das Kleinkind kräht, es ist aber kein Krähen, es ist eher nasales Pressen, aber auf Leben und Tod, Notwehr mit nichts als diesem Säuglingston, der bis zum Ersticken reicht, bis zu Atemverlusten; während aus einem unteren Fenster das sture orgiastische Stampfen einer Rockband nicht nachläßt, aus weiterer Ferne normale Stimmen mit Lachern, und dann das monotone roboterige mit Geräusch untermalte Kunstreden aus TV-Dialogen

während alldem, es ist spätnachmittags, aber da wir hier mit der Sommerzeit eine Stunde voraus sind, ist es erst kurz nach vier, schreibe ich diesen Traum, der davon handelt, daß ich in Rom, gerade da, wo ich in meinem immerwiederkehrenden TRAUMROM zu jener Pforte oder jenem Engpaß komme, wo es ›um eine Ecke ins Paradies oder in die Seligkeit geht‹, ein langes langes Gefälle von Treppen hernieder – aber es ist schwierig, die Pforte zu jener Ecke, die in die Seligkeit führt, zu finden.«

Der Ton ist ein atemloser, unbekümmerter, um Schönschreibung und grammatikalische Konstruktion unbekümmerter, intimer Konfessionston, dessen Bewegung drängend bis sprudelnd genannt werden kann, er hat Tempo, ist aber nur in gleichsam gedämpfter Lautstärke vernehmbar. An wen wendet sich dieser Ton? An den Aufschreiber. Ein Selbstgesprächston? Von Distanz kann keine Rede sein. Wir sind vom ersten Auftakt an nicht nur beim Aufschreiber oder besser Journalschreiber, wir sind in ihm drin, in seinen Bewußtseinschüben und Gedankensprüngen, Gedankenwanderungen, seinem Subjektivismus.

Die Bewegung der Tonart, ich deutete es bereits an, ist drängend und ungestüm, sie nimmt den Leser auf eine Gedankenreise mit, die in Form einer Traumaufschreibung in ein weitabgelegenes autobiographisches, jedoch geheimnisvoll schimmerndes Rom führt und gleichzeitig den Schreiber an seinem Tisch mit Blick auf einen pariserischen Hinterhof zeigt, von welchem in erster Linie der Lärmkessel festgehalten wird, Babykrähen, Rockmusik, TV-Geräusche etc. Wie könnte man die Wirklichkeit oder Realitätsebene benennen? Man könnte sagen, die einzig solide Wirklichkeit sei der Schreibtisch in einem Schachtelzimmer und ein Ich, das an diesem Schreibtisch sitzt und sich in Form eines Bewußtseinsstroms auf das weiße Blatt ergießt. Es ist ein Ich, das sich aus vielen Partikeln, nahen und fernen, zusammensucht, gewissermaßen konstituiert: ein via Schreibakt *in statu nascendi* sich auslieferndes Ich. Gleichzeitig könnte man sagen, der Vorgang, dem der Leser beiwohnt, sei ein im Entstehen begriffenes Buch: ein Buch, das sich selber schreibt. Das entspricht durchaus den faktischen Entstehungsbedingungen.

Es war in meiner ersten Pariser Zeit, ich war neu und fremd hier und in einer ziemlichen Krise, ganz bestimmt aber fern von einem Buchprojekt. In einer Art von Beschäftigungstherapie befleißigte ich mich, täglich allerlei Beobachtungen sowie Dinge, die mir durch den Kopf gingen, natürlich auch Erinnerungen, zu notieren. Ich dachte nicht lange über das Schreiben nach, ich stürzte mich vielmehr aufs Blatt. Viel später erst, als ich für eine literarische Veranstaltung einen möglichst neuen Text vorzulegen hatte, sah ich meine Blätter durch und entdeckte, daß darin ein Buch stecken könnte. Ich griff einige Passagen heraus, reihte sie aneinander und deklarierte sie zu einem Buchanfang. Erst an diesem Punkt begann ich zu überlegen, welche Stoßrichtung, welche Form und Thematik das Buch haben könnte. Ich nannte es zuerst »Alleinsein in Paris«. Als ich Jahre später für das unter dem Titel *Das Jahr der Liebe* erschienene Buch den Preis der deutschen Kritik erhielt, schrieben die Juroren in der Laudatio:

»So ist Paul Nizons jüngster Roman *Das Jahr der Liebe* eine andere ›Recherche‹, die Suche nach der vielleicht zu gewinnenden Zeit, eine Erschöpfungs- und eine Schöpfungsgeschichte: Da fängt einer, in einem winzigen Hinterzimmer in Paris, nicht nur auf einem leeren Blatt, er fängt auch ganz bei Null an, und was er wagt an Zukunftspartikeln, sind nicht mehr als Notizen, Blicke in den Hinterhof, Stippvisiten in den Straßen, öffentliche Einsamkeiten in der Metro oder in einer Kneipe. Die Leibhaftigkeit und die Hautnähe des Draußen haben die Wirkung einer Reanimation, die Notizen verweben sich zur Textur, und der Text wird schließlich zum Roman einer Existenz, die neu beginnt.«

Zum Stichwort *Reanimation* (im wörtlichen, im klinischen Sinne) ist zu vermerken, daß *Das Jahr der Liebe* auf dem Hintergrund einer Krise entstanden ist, und zwar nach dem Todesbuch *Stolz.* Wenn *Stolz* ein Buch der Lebensverweigerung genannt werden kann, dann ist *Das Jahr der*

Liebe ein Akt des neuerlichen Fußfassens im Leben, ein Dokument von Neubeginn und Wiedergeburt.

Zurück zum *Ton*. In nannte die Schreibart manchmal ein Blindschreiben. Wenn es gut ging, dann war nicht ich es, der schrieb, dann schrieb *es*. Ich ließ mich gehen, ich ließ mich mitnehmen – auf die *Sprachreise*. Statt Handlung, statt Fabel und Konstruktion – die Sprachreise. Das Vehikel ist die Sprache, eine Sprache allerdings, die, wie ich meine, mit Worttreppen, Wortkaskaden und dann wieder Pausen arbeiten kann, mit Ober- und Untertönen, melodischer Linienführung, Haupt- und Nebenmotiven, Verschlingung und Auflösung, Untermalung, Orchestrierung etc. – wie in der Musik. Das Geschehen ereignet sich auf dem Rücken einer *musikalischen* Sprachgebung, die es erlaubt, neben dem wörtlich Gesagten allerlei Ungesagtes mitzutransportieren, das den Leser in der Form von Schwingung erreicht. Im sprachmusikalisch verdichteten Lebensgefühl teilt sich wohl die geheimste Thematik mit. Der sprachmusikalische Aspekt ist in meinem Schreiben von Anfang an da. Ich denke, das musikalische Prinzip als Motor des Schreibakts, als schöpferische Technik, ist die Kehrseite, aber auch Kompensation meiner Schwierigkeit als Erzähler.

Es erklärt das schon erwähnte Blindschreiben, das für die Entstehung von *Das Jahr der Liebe* entscheidend war. Und es unterstreicht natürlich die Bedeutung, die der bei einem Romanbeginn angeschlagene Ton für das Weitere gewinnt.

Doch nun zu einem anderen Textanfang, und zwar von *Untertauchen*:

»Ich sehe mich im Wohnzimmer einer Vierzimmerwohnung stehen. In Zürich. Ein Mann um dreißig, der sich von seiner Frau verabschiedet.

Und ich sehe mich auf dem Bahnsteig in Barcelona neben dem internationalen Expreßzug stehen. Ein Mann um dreißig, der sich von einer anderen Frau verabschiedet –«

Die Formel »ich sehe mich« und das Fortfahren in der dritten Person Gegenwart ist etwas ganz anderes als »ich erinnere mich«. Es bedeutet soviel wie ICH IST EIN ANDERER.
Es bedeutet das Hervorzerren eines vergangenen, eines
fremd gewordenen ICHS in heutiges Bewußtsein. In diesem
heutigen Bewußtseinsraum steht das fremde ICH ausgestellt
da wie in einer Vitrine oder auch wie auf einer Bühne: zu
Untersuchungszwecken. Das Ich als Versuchskaninchen.

Die Formel »ich sehe mich« ist ein willentliches Distanz-
nehmen von sich selber. Warum diese formale Akrobatik?
Der Stoff dieser Erzählung, die in der französischen Übersetzung den Untertitel *procès-verbal d'un voyage aux enfers*
trägt, geht auf ein spanisches Abenteuer aus dem Jahre 1961
zurück – ein Schlüsselerlebnis, eine Grunderfahrung meiner
Existenz. Ich brauchte zehn Jahre, um den Stoff künstlerisch
in die Finger zu bekommen. In dem Stoff steckte eine Liebesgeschichte und die Agonie einer Ehe, eine Ausreißerstory,
ein Trümmerhaufen nach bürgerlichem Maßstab und ein
Gewinn in anderer Hinsicht; es war ebenso die Geschichte
eines Delirierens und wie einer aus seiner Haut schlüpft.

Aber all das wußte ich noch nicht, als ich die Geschichte
zu schreiben begann. Darum diese Technik des behutsamen
Inventaraufnehmens. Der Beginn ist die Rekonstruktion
von zweierlei Abschiednehmen: einmal in der Wohnung in
Zürich, der Abschied von der Ehefrau; dann auf dem Bahnsteig in Barcelona, der Abschied von der Geliebten. Zwei
kurze Szenenentwürfe. Danach werden die beiden Szenen in
zwei theatralischen Bildern ausgebaut. Im einen Bild wird
die Bahnhofs- und die Abschiedsstimmung (samt Tränen)
entworfen; im anderen Bild wird das Familienwohnzim-
mer des Ehemannes mit den für die Ehesituation charakteristischen oder verräterischen Requisiten skizziert. Zwei
Bühnenentwürfe, nein: zwei Filmaufnahmen. Genau gesagt,
handelt es sich um *Vorblenden*. Ton und Technik gehorchen
dem Gesetz eines Szenarios. Erst nach diesen beiden »filmi-

schen« Auftakten setzt die Erzählung ein, und mit der Erzählung der Reise von Zürich über Genf nach Barcelona und schnurgerade in den Nachtklub beginnt das spanische Abenteuer. Die Erzählperspektive ist die eines Autors, der einen Stoff untersucht, um in Erfahrung zu bringen, was wirklich geschehen war. Darum läßt er alles noch einmal vor dem inneren Auge vorbeiziehen. Ich verfolgte den Protagonisten auf zwei Ebenen: auf der objektiven Ebene äußeren Geschehens, gewissermaßen kolportageartig, und gleichzeitig auf der Ebene seines subjektiven Befindens. Dies bewirkt, daß der namenlose »Mann um dreißig« als Schwankender zwischen Innerlichkeit und Äußerlichkeit durch die Geschichte taumelt. Das Ich ist gespalten in ein Erzähler-Ich und ein behandeltes, ein erzähltes Ich. Der Erzähler erzählt in der Ersten Person Vergangenheit. Er läßt das erinnerte Ich in der Gegenwart aufleben: als Er – als Fremden.

Untertauchen ist mein Versuch, innere Handlung mit äußerer zu verknüpfen, überhaupt mit Handlung umzugehen. Der nächste Schritt auf diesem Wege war *Stolz*. Danach habe ich das lineare Erzählen wieder fallengelassen.

Ich komme nun zum Buch *Im Bauch des Wals*. Ich habe diese Texte »Caprichos« genannt, ich weiß noch, daß meine erste Formidee die war, ein Buch in fünf Bildern zu komponieren, und von den Bildern bin ich eines Tages auf die Gattungsbezeichnung Caprichos verfallen – warum, weiß ich nicht mehr. Es wäre daher leicht, den hier angeschlagenen Ton einen kapriziösen zu nennen, was so viel heißt wie: verspielt. Ist damit etwas getroffen?

Unter Capricho stellte ich mit zunächst den spielerischen Umgang mit sehr ernsten Themen und Fragen, wenn nicht Grundfragen des Lebens vor: wie Liebe und Tod, Jugend und Alter, Einsamkeit, Glück… Außerdem war mir bewußt, daß es darum ging, sehr heterogene Materialien zu einem in sich funktionierenden Organismus von der Qualität und Präzision eines Uhrwerks zusammenzuschweißen. Wenn ich heterogene Materialien sage, dann meine ich unter anderem die verschiedensten Wirklichkeitsebenen und unterschiedlichsten Realitätsgrade, was darauf hinauslief, daß mein Text springen, mutwillig in Raum und Zeit herumspringen mußte – wie eine Ziege. Die Arbeitsweise war denn auch alles andere als ein Fließen und Strömen – dies im Unterschied zur Technik von *Das Jahr der Liebe* –, es war eher eine Montage- und Collage-Technik, sehr mühsam, sehr kalkuliert. Obwohl ein Ich federführend ist, von dem man auch weiß, daß es sich um einen Schriftsteller handelt, bleibt dessen personale Existenz weitgehend unbekannt, wie auch dessen Standort nicht weiter definiert ist. Der Schreibende ist so etwas wie eine Stimme, etwas Anonymes; oder aber so etwas wie ein Jongleur, der allerlei Bälle in die Luft wirft und mancherlei bunte Gegenstände aus der Luft greift und zu einem Spektakel verwandelt, wobei sich der Werfer oder Artist vergißt. Außerdem lenkt er die Aufmerksamkeit immerfort auf erfundene oder ausgeworfene Figuren, die man zwar hinterher als seine Doppelgänger verstehen kann, die aber beim Lesen das Interesse auf sich und vom Autor ablenken: Doppelgänger sind der vergessene Soldat an der mandschurischen Grenze wie der Marschierer, absurde Existenzen, die durch das ganze Buch geistern, Stellvertreter für die absurde Schriftstellerexistenz. Es gibt überdies eine ganze Reihe anderer, wenigstens partieller Doppelgänger; das heißt, der Schriftsteller oder eben der Erzähler schlüpft immerfort in andere Gestalten wie ein Chamäleon, dadurch bietet er sich Leuten, die nichts mit Schriftstellerei zu tun haben, als Identifikationsfigur an. Nach der Lektüre, so hoffe ich, bleibt eine Spur zurück, die sowohl im alltäglichen Leben wie in Gedanken, Träumen, Erinnerungen und Spekulationen beheimatet ist. Eine Art Duftspur. Ich weiß immer noch nicht, wie ich im Falle von *Im Bauch des Wals* den angeschlagenen Ton und die durch die Tonlage erzeugte Distanz definieren soll. Der Ort der Erzählstimme ist nicht recht lokalisierbar. Sie kommt aus dem Bauch des Wals. Manchmal dachte ich, der Bauch des Wals sei die Wiege der Imagination, doch was heißt das schon.

1992

Meine Ateliers

Ich habe eine Menge Ateliers in Betrieb gehabt, allein in Paris bislang weit über zehn – Buden, Mansarden, Kleinwohnungen; in seltenen Fällen – als Notlösung – waren es Unterkünfte bei Bekannten, die tagsüber, wenn nicht wochenweise, abwesend waren.

Ich muß allein sein beim Arbeiten, nicht nur ungestört, sondern abgekapselt; nicht nur abgekapselt, sondern ortsfremd; nicht nur ortsfremd, sondern unbekannt; nicht nur unbekannt, sondern klandestin. Ein Zuzügler, der sich in fremder Umgebung einnistet, um unterzutauchen.

In meinen Ateliers wird nicht gewohnt, es werden keine Besuche empfangen, es sollte möglichst keinen Telefonanschluß geben. Ich betrachte meine Ateliers als Hohlräume, die sich im Lauf der Zeit mit den Geistern einer bestimmten Arbeit anfüllen und nach Beendigung derselben spurlos verlassen werden. Die Geister sind in ein Buch oder einen Text eingegangen. Zurück bleibt ein leeres Futteral.

Meine Ateliers sind von unterschiedlicher Größe, meist ziemlich klein, leider. Oft ist es ein puzzleartiges Kunststück, meine Arbeitsmöbel und Geräte darin unterzubringen. Bei dem Mobiliar handelt es sich um immer dieselben Stücke, die mich schon jahrzehntelang begleiten. Sie waren bei der Abfassung fast aller meiner bisherigen Bücher mit dabei. Zu nennen sind: ein alter Schneidertisch, ein verglaster Bücherschrank, ein Notariatsmöbel mit vielen Fächern, ein englisches Kanapee, eine Anzahl Gestelle, ein Schreibsessel. Ein Lavabo muß vorhanden sein, das ist unentbehrlich. Im übrigen gehören ein kleines CD-Gerät und ein Wasserkocher zu meinen Utensilien, da ich beim Schreiben Tee trinke. Und Kleiderhaken: Ich pflege mich zum Arbeiten umzuziehen und das Lokal nach getaner Arbeit in ziviler Aufmachung zu verlassen.

Ich kann die genannten Stücke mein Frontmobiliar nennen und das jeweilige Provisorium mein Bereitschaftslokal.

Bereitschaftslokal, Laboratorium, Baustelle, Zirkuszelt. Ich will damit sagen, die darin enthaltenen Dinge sind Arbeitsausrüstung und sonst nichts, sie haben keine schmückende Funktion, wenn sie auch mit mir zusammen alt geworden sind und Patina angesetzt haben. Ich benutze alles, auch die Archive mit den vielen Notizen, Dokumenten, Korrespondenzen, auch das Stöbern ist Arbeit. Indem ich Abgelegtes bewege, bewege ich das Entsprechende in mir selbst. Es kann vorkommen, daß ich unverhofft auf etwas stoße, daß mich weiterbringt; als hätte die Entdeckung, eine Eintragung, ein Zettel, ein Souvenir, die ganze Zeit darauf gewartet, mich auf die Spur zu bringen und mir zu Hilfe zu kommen.

Meine Arbeitsbuden atmen ein Gemisch von Einsamkeit und Weltfröhlichkeit. Ich gehöre ja beim Schreiben niemandem an, es sei denn mir und, ja, einer weiteren Menschheit, Menschenwelt.

Das Arbeitszimmer ist wie eine Geheimzelle in fremder Umgebung installiert. Es wird eine Zeitlang zum Schauplatz einer heimlichen Tätigkeit. Es wird zur Cella, zur Keimzelle. Und jetzt ist auch der tägliche Gang zur Arbeit und von der Arbeit nach Hause Teil der schöpferischen Aktion, weil es um ein Weiterspinnen geht.

Ich frage mich, was es mit den ewigen Außenposten, solcher Vergeudung, was es mit dieser Manie des *Vorbeistationierens* auf sich hat.

Ich habe einen Installationshorror, wie ich einen Etablierungshorror habe, schon immer gehabt. Der Schauder, wenn ich Wohnungen betrete, wo alles seinen festen Platz hat. Da – die Sitzecke unterm Leselampenschirm mit dem erdrückenden Erinnerungsberg an all die Abende durch alle Alter hindurch. Die Möbel abgewetzt vom Gebrauch, klebrig vom Erinnerungssaft, Erinnerung an die Zeit, als die Kinder noch klein waren und das Ehepaar jung. Das Leben hat sich in die Möbel verkrochen. Es wurde eingetauscht gegen Mobiliar.

Wäre die Furcht vor dem Einerlei des in Beruf und Karriere, Familie und Haushalt Festgelegten eine Form von Sterbensfurcht? Und das Schreiben Lebens-, Überlebensgier?

Am liebsten habe ich Unterkünfte auf Zeit, Arbeitsunterkünfte. Eine Untermieterbleibe bei fremden Leuten in einem Mietshaus in einem fremden Viertel, was so viel ist wie in einer fremden Stadt. Ein anonymes Provisorium. Der Raum soll nur enthalten, was die Werkstätte ausmacht, Wohnlichkeit nicht. Möchte ich damit eine Unschuld herstellen? Unschuld gleich Neubeginn.

Meine Ateliers repetieren überall die gleiche Situation, dieselbe Szenerie, eigensinnig; offensichtlich rekonstruieren sie ein Inbild. Als Quellen desselben kämen in Frage: das absurde Forschungslaboratorium meines Vaters als Erfinderküche und Tummelplatz einer Freiheit; die Schreibstuben Robert Walsers; und die Werkstätten Vincent van Goghs. Alle drei müssen mich mit unverbrauchbaren Vorstellungen – Wunschbildern? – des Schöpfungsfurors angesteckt und ausgestattet haben; daß es möglich sei, mit Stift, Farbe, Leinwand, Bunsenbrenner, Reagenzgläsern und dergleichen, im Grunde lächerlichen Hilfsmitteln, vor allem aber mit Träumen, Sinnen, Spintisieren, Phantasie eine Welt zu erschaffen, die prächtiger und radikaler, reicher, vollständiger, wenn nicht widerstandskräftiger ist als diejenige, die uns die sogenannte Wirklichkeit beschert. Daß das Leben und die eigene Person eine Angelegenheit der Erfindung und Selbsterfindung, der Einbildungskraft seien und jedenfalls nicht der Hinnahme von Gegebenheiten, Diktaten, Determinanten, Regeln, Schuldigkeiten etc. – wenn, ja, wenn nur die eigene Mobilmachung gelingt, was wiederum mit Entflammtsein, mit Hingabefähigkeiten und dann mit Beharrlichkeit, dem Erdauern, aber ebenso mit der Inkaufnahme sozialer Bedeutungs- und materieller Anspruchslosigkeit zu tun hat. Es ist wie bei den Musikern, die unscheinbar ankommen, antreten, ihren Futteralen die wunderlichen, oft bizarren Geräte entnehmen, die dann unter ihrer Hand oder an ihrem Mund zu beatmeten Instrumenten werden und die hängenden Tongärten der Musik hinzaubern, die den Hörer entrücken, aber auch im Innersten der Seele treffen.

Meine Ateliers – consecutio patris?

Neulich kam mir der Gedanke, daß ich mich auf dem Weg zur Arbeit, also zwischen Wohnung und Atelier, verwandle, nicht nur in den Arbeitsmenschen, den Schriftsteller, sondern in das Ich meiner Fiktionen, das nicht identisch ist mit dem Ich meines Privatlebens, Zivilstands. Erst in der Cella der klandestinen Absonderung werde ich zu jenem Ich, das in meinen Texten das Wort ergreift und die Stimme erhebt. Offenbar muß ich mich in dieses *Alter ego* verwandeln, um schreiben zu können.

Das Alter ego, mein schreibender Doppelgänger, ist ein notorischer Fremdling auf Erden, ein Emigrant oder Vagant. Sicher eine Randexistenz. Er ist nicht, was man einen Intellektuellen nennt, sein natürlicher Umgang sind nicht die ausübenden, die etablierten Berufskünstler und Literaten, eher das namenlose Volk, mit dem er zwar nicht fraternisiert, dazu ist er zu sehr Einzelgänger, in dessen Spelunken er jedoch gerne in Deckung geht. Er verkriecht sich zum Tagträumen, aber auch aus einer Art Schamhaltung. Das Poetenleben ist ja, vom Werktätigen und Lohnabhängigen aus gesehen, ein nichtsnutziges Leben, ein Körper- und Sätze-Herumtragen, ein Tagverbringen in Wartehaltung. Warten auf den inneren Marschbefehl, zum Beispiel. Spazieren, damit etwas in Gang komme. Schamhaltung auch darum, weil mein schreibender Doppelgänger in Ermangelung formidabler Mitteilungswürdigkeiten und nutzbringender Botschaften der Selbstabspiegelung frönt, solcher Exploration. Sein Einsatz gilt höchstwahrscheinlich der Kompensation von drohendem Unleben, Lebensmangel oder der baren Lebensunfähigkeit. Darum der vermessene Wahn, mit seinem Schreiben Leben abzugeben, den Sätzen und Worten Leben einzuhauchen. Im Grunde ist er weniger ein schreibender Kartenausteiler als eine Figur voller Poesiebereitschaft, eine Anwartschaft auf zwei Beinen, die von Zeit zu Zeit Ernst macht und losrennt. Schreibt.

Die Aussicht auf ein neues Atelier löst bei mir immer eine mit Alarmbereitschaft verbundene Euphorie aus. Es ist, wie wenn ich aus einer bedrückenden Gefangenschaft das Tor zur Freiheit aufrisse. Wie wenn ich ein Schiff bestiege und die Taue löste. Wohin wird die Reise dieses Mal führen? Und mit den wiederaufgenommenen schöpferischen Praktiken ist die Verheißung des Lebens da. Ein Geschenk.

Hinzu kommt das neue Viertel, die neue Gegend. Ein neuer Hinweg und Heimweg – mit welchen Passagen, Traversen, Verkehrsmitteln, Wegen? Ich werde mich wieder wie der Einwanderer fühlen, der seine Nase in den Wind hängt, schnuppert und seine Augen spazierenführt.

Ich bin Stadtnomade. Ich wohne in der geliebten Stadt Paris herum. Ich werde ihren Herrlichkeiten, Geheimnissen neu zu Leibe rücken, sage ich mir beim Ankommen, ich werde die Jahreszeiten, den Ablauf der Tage, Wochen, vielleicht Jahre aus dem neuen Blickwinkel erleben. Ich werde wieder unterwegs sein (mit dem alten Gepäck). Ich werde der Fremdling sein. Nur der Fremdling hat vor Verwunderung leuchtende Augen.

Die ersten Orientierungsschritte werden vom Gang auf die Ämter bestimmt. Wo ist die Anlaufstelle, um Gas und Elektrizität zugeteilt zu bekommen, wo das Postamt. Die

neuen Restaurants und Cafés, der nächste Markt, Entdek-
kerleben.

Im Bauch des Wals schrieb ich in unmittelbarer Nähe des
Friedhofs Père Lachaise, den ich regelmäßig aufgesucht
habe, nicht um die Grabstätten der Berühmtheiten zu be-
sichtigen, wiewohl ich auch schon bei Proust und Balzac und
Chopin stehengeblieben bin, sondern um mich in den wan-
kenden Friedhofsalleen zu ergehen.

Der Friedhof war mein natürlicher Auslauf. Ich liebe die
in das Grün der Parks versunkenen Totenstädte. Die Grabstätten mit ihrem Nimbus, Rauch von Menschsein, und der
Rauch oder Nimbus entschwebt geradewegs in das Hoheits-
gebiet der Bäume, in deren Schatten die Sinnenden sitzen.
Die Müden. Die Verlassenen. Die Liebenden. Katzen gehören dazu.

Das Grabmal mit seiner Inschrift ist die kürzeste Raffung
von Biographie. Die lapidare Adresse: in der Urbs, die hier
als menschenleere oder einzig von der Erinnerung oder
Fama bewohnte Steinstadt so hart an die Natur grenzt. Die
Natur möchte alles an sich und zurücknehmen. Der mit Namen und den in ihrem Pathos oft lächerlich wirkenden
Epitaphen versehene Stein, der sich straßenweit aufreiht
und hohläugig phantasierend mit der erinnerungslosen Natur kohabitiert.

Ich hatte da eine kleine Wohnung. Der Hauseingang ein
Schlupfloch; durch einen darmengen Gang ging's in einen
Hof, dessen Mauern, erstaunlich, mit Majolika-Kacheln ge-
schmückt waren. Im Hof Abfalltonnen, Unrat. Gegenüber
dem Haus ein iranisches Restaurant, Familienbetrieb, mit
überaus schönen Frauen. Manchmal am Nachmittag wurde
die eine, deren Wohnung an die meine angrenzte, von ihrem
Liebhaber besucht. Ihre Liebesseufzer waren in die Luft ge-
hauchte Kolibris, das Wunderschönste an Laut.

Meine derzeitige Schreibstube ist eine Art Kellerlokal, allerdings neben einem überherrlichen Park gelegen, in einer

so vornehmen Gegend, daß man nur farbige Zeitgenossen zu Gesicht bekommt, nämlich Dienstpersonal, weil die Reichen sich nicht sehen lassen, sie bleiben daheim unter sich und haben es schön. Um mich herum lauter liebe Einwanderer, ich rieche ihre Küchenausdünstungen, wenn ich in unsere Niederungen hinuntersteige. Ich komme klammheimlich an wie ein Terrorist und lasse vor der Arbeit meine (bevorzugten) CDs laufen.

Wenn ich den Lieferanteneingang des schicken Dreißigerjahregebäudes passiere, um zu meiner Tauchstation zu gelangen, atme ich ein Gemisch von Haus- und Küchengerüchen der anderen Souterrainbewohner. Es soll sogar Studentinnen geben in diesem Getto, ich habe allerdings noch keine gesehen. Mag sein, daß das enervierende Üben auf einer Querflöte, mehr Gepuste als Perlenspiel, aus einer Studentinnenbude stammt.

Durch die Küchengerüche habe ich an frühere Ateliers in Zürich denken müssen, wo ich mit italienischen und portugiesischen Fremdarbeitern zusammenlebte, was mir sehr gefiel – besonders an Sonn- und Feiertagen, wenn sie sich, zur Sippe oder Dorfgemeinschaft erstarkt, daheim versammelten und Laut gaben. Was ich mit ihnen teile, ist das Durchzüglertum, aber auch das Sichdurchbeißen. Man zieht ein, bringt sich unter und läßt sich auf etwas ein. Man will nicht Wurzel fassen, sondern vorankommen. Man hat kaum Besitz, man hat Hoffnung, und was man braucht, ist Mut. In dem Haus mit den Portugiesen und Italienern mußte ich mich, vor allem an hohen Feiertagen, vor den Einladungen meiner fremdländischen Hausgenossen schützen. Ich ging wohl auf einen Schluck zu ihnen, wenn sie tafelten und das Tafeln über den ganzen Nachmittag bis in die Nacht hinauszogen und, was die Geselligkeit betrifft, lautstark steigerten. Doch konnte ich ihnen nie ganz klar machen, daß bei mir Alleinsein und Schreibmaschinengehämmer nicht barer Not gehorchten, sondern freier Wahl; daß ich ein Zuhause anderswo sehr wohl hatte. Möglicherweise geht meine Vorliebe für derlei Kohabitationen auf die *Casa d'Italia* meiner Berner Kindheit mit ihrer fröhlichen Immigrantenpopulation zurück. Im übrigen war mein eigener Vater Emigrant.

Immer oder doch häufig, wenn ich unterwegs zu meinem Atelier, nach der langen Fahrt im Schlund der Metro ans Licht und dann an mein eigenes Licht oder besser Dämmerlicht steige, um, den Park durchquerend, mich meinem Atelier energisch zuzuwenden, gibt es den Augenblick glücklichen Entbrennens; ein Freiheitsgefühl. Ich gehe zur Arbeit, also zu mir, hinein in den Bauch des Wals, in die Cella. Und dabei denke ich oder denkt es (in mir): Ich gehe, um meine Dinge wie von Bäumen zu pflücken. Lebenslang gehe ich so, ein Marschierer, und sammle ein über Augenwege. Und alles, was einfällt, hat seine Resonanz in mir drinnen. Ich gehe, um meinen Resonanzboden in Schwingung zu bringen, mich einzustimmen. Bis die Fische springen. Bis eine Murmel ins Rollen, Kichern und Klimpern kommt. Endlich wieder einen Baustein im Kasten. Ein Bild, Bildchen. Element. Fragment. Ein Licht. Eine Spur. Ein Schein. Es ist alles da. Es hängt in den Bäumen. Es tanzt im Licht. Ich muß es bloß erschauen. Ich setze es zusammen. Ich setze mich zusammen. Im Gehen.

Das Gehen ist ein Zu-Leben-Kommen. Etwas entbrennt, die Ränder fangen Feuer. Das durch die Feuertaufe gegangene, entflammte Ich ist ein neues Ich. Es geht vor mir her, eine Figur, ein Träger von etwas, ein Träger. Indem ich mich in die Stadt verliere, säe ich, um später ernten zu können. Muß mich immer in die Stadt auslaufen lassen, um *es* zusammensuchen zu können. Ich kann dann sagen: Die Straßen stecken mir viele Dinge zu. Im Gehen stoße ich Auftakte, Ansätze wenn nicht schon aus mir heraus, so doch in eine gewisse Höhe des Bewußtseins, der Greifbarkeit. Ich laufe den Sätzen nach. Wenn man doch die Sätze aus sich herausstampfen könnte. Das Schreiben hat seine physische Vorstufe, Synkope.

Bedenke ich mein Nomadisieren in der Stadt, das Herumwohnen oder besser Vorbeistationieren, wie ich es nenne; und dazu die täglichen Fahrten und Wege zum Arbeitsplatz und wieder zurück (mitsamt der Reibung, Aufschaukelung, bis das innere Schneegestöber entsteht und der Film anläuft), dann möchte ich meinen, daß das Ganze nicht nur System und Methode haben muß, sondern strikt zum Arbeitsvorgang gehört.

Wäre ich ein fabulierender Schriftsteller, ein listig erfinderischer Handlungsvertreter zum Beispiel, ich bräuchte die Atelieraußenposten und das dazugehörige Nomadisieren wohl nicht; ich könnte seßhaft sein. So aber muß ich *es* aus der Luft greifen, von den Bäumen pflücken und aus Mauerritzen klauben. Muß ich mich in Ermangelung eines für die Zwecke des Erzählens geeigneten Plots mitsamt dem dazugehörigen Wissen über Fortgang und Ablauf der Handlung selber in Trab halten. Muß laufen, um den eigenen Roman in Gang zu halten. Vor allem, um den Stoff zu erlaufen, in Erfahrung zu bringen. Roman gleich Wanderung, Fahrt. Ich bin das Gefährt und der Passagier in einer Person. Reisevehikel und Reisender. Und noch der Beobachter, der Dritte. Der Dritte, der sich seinen Vers darauf macht und sein Lied pfeift.

Die Fahrt führt durch Straßen und Stunden, durch *Alltag*, dessen Obstakel und Langeweile, Wüsten und Gedankenregen, Vertrautheit und Fremde. Sie kann urplötzlich aufleuchten, dann gibt sich mitten im Unterwegssein das große alte Muster der Lebensreise zu erkennen. Es bricht sich schillernd im Brennglas der eigenen Existenz. Und so weit das Licht reicht, entsteht Welt.

Und damit das Feuer nicht erlösche und der Film nicht abreißt, muß ich weiterlaufen. Muß der Roman in Bewegung bleiben, die Reise weitergehen. Feuer gleich Lebendigkeit gleich Leben. Mein nomadisierender Doppelgänger ist ein Lebenssucher, natürlich.

Jeder Künstler jagt hinter dem Leben her, das versteht sich von selbst. Ohne Plot auskommen heißt soviel wie mit dem Leben in erster Instanz verhandeln.

Das Leben schreiben – eine Frage der schöpferischen Praktiken; der Form, der Struktur. Eine Frage der Sprache.

Das Problem der Erzählbarkeit hat sich schon in jungen, literarisch unbelasteten Jahren gestellt. Machte ich mich als Junge daran, eine wirkliche, ich meine: gelebte Begebenheit (im kleinen Kreise) zu erzählen, dann kam ich vom Hundertsten ins Tausendste und vor lauter Abschweifung nie ans Ziel, weil die Begebenheit sich beim erzählerischen Rekonstruktionsversuch in eine Unzahl von Bewußtseinssplitter verzweigte. Das Geschehen verhallte in Ketten von Echoräumen, das erzählende Ich erfuhr sich als ein von pausenlos eintreffenden Depeschen dröhnendes Telegraphenamt. Die Wirklichkeit eine im eigenen Innern explodierende Rakete. Das Nacherzählen ein Buchstabieren; nein: das Ausschicken von Spür- und Apportierhunden, die die Beute in Form von Spurenmeldungen (und nicht von erlegtem saftigen Wild) anbringen. Von Nacherzählen konnte keine Rede sein. Ein Schnappen nach Wörtern und Wendungen, allerhöchstens. Ein Sichverlaufen, ein Irrlauf bis zur Erschöpfung, meistens. Wie die Struktur finden, die all die Partikel zur Partitur, existentiellen Sprachpartitur verwebt, war, in heutiges Bewußtsein übersetzt, schon damals die Frage angesichts der Schwierigkeit mit dem Erzählen.

Eben dachte ich, unterwegs zu meinem Atelier, nach der obligaten Metro- und Busfahrt und nach dem Durchqueren des Parks, daß ich im Gehen kleine Zinsen von der Stadt zurückerhalte. Ich vermenge mich mit dem gigantischen Gewebe der Stadt, vermenge meinen Mikrokosmos dem Makrokosmos der Stadt, und plötzlich, an einer Haltestelle, auf dem Trottoir, im Park kann es sein, daß die Vermengung und blinde Vermählung den Augenblick erzeugt, da ich sehend bin, *sehe*

das erste niederschaukelnde Herbstblatt in diesem oder jenem Windstoß vor diesem oder jenem Hintergrund mit diesem oder jenem Passanten unterwegs zu diesem oder jenem Ziel in diesem oder jenem Tageslicht... und werde meines Lebens inne und des Lebens um mich herum in diesem einmaligen Augenblick und bin jetzt bei Sinnen, bin vorhanden, *bin*, was wiederum meint, daß ich, weil lebendig und sehend, voller Liebe, Welt-, Lebens- und Menschenliebe bin; und die Welt schenkt sich her in allen Facetten, wirft sich mir an den Hals, und die Lebenslust steigt im Stengel und Quecksilberglas meiner irdischen Hülle und füllt mich an, und erste Silben perlen wie Bläschen durch mein Wesen und möchten Sprache werden, es ist bloß die Ankündigung einer Wendung, ich murmle, weil ich schreien möchte, weil es jetzt aus mir herausdrängt, Wort oder Satz, die ja wiederum nur der ohnmächtigste Versuch und gleichzeitig schon der Verzicht sind, doch weiß ich, daß es der Pfeil ist, der an der gespannten Sehne zittert und genau aufs Ziel gerichtet, nein, schon im Ziel ist, wenn auch noch nicht abgeschnellt. Ich *bin*, mitten in der Erleuchtung von allem, bin

am Leben? Während wir in den meisten Fällen überhaupt nie in unser Leben gelangen oder auch nur daran rühren, gnädig verschonte Blindgänger in der uns bemessenen Zeit, abonnierte Nummern, Marionetten. Das Leben, ich bin davon zutiefst überzeugt, haben wir zu Lehen bekommen, es ist uns geschenkt, wir können es vertun, verschlafen, verraten, schänden, vergessen, es ist uns zu Lehen gegeben. Ich kann es erlaufen und für Augenblicke erhellen, blitzartig an

mich bringen, das heißt in einem versengenden Bewußt-
seinslicht seiner innewerden als eine brennende Fackel.

Gewinnen. Verlieren.

Es wäre, im erleuchteten erlauchten Augenblick, das an
mich gebrachte unendliche Leben aller und aller Zeiten, das
jetzt im Medium meiner einmaligen Existenz durchschlägt,
als Maske aus mir heraustreten will und nach Worten
sucht.

Gelingen die Worte, gelingt der Lebensabdruck in Worten
und trägt er Schwingen, dann ist in dem vernichterischen
Raum des allgemeinen *Betriebs* eine Insel Menschenwirk-
lichkeit mit der ganzen Aura des Geheimnisses, unangeta-
steten Geheimnisses, erblüht. Die Insel ist eine Sprachinsel,
sie liegt oder schwimmt im Glanz des Wunderbaren, einer
Frische, die nie welken kann. Um diese Insel und weitere
Inselchen des Wunderbaren zu erschaffen, das heißt die Fal-
ter anzulocken, damit sie sich in flügelschlagenden Silben
niederlassen, bebend; um sie anzulocken und *lebend* in den
Netzen der Sprache einzufangen, gehe und marschiere ich,
die meiste Zeit verdrossen und in Wartehaltung und vom
Zweifel zerfressen und mich als überflüssig betrachtend.
Meine paar Essenzen, die zu filtern ich unterwegs bin, wer-
den dereinst Leuchttürme sein, die immerzu ihre Lichtbah-
nen ausstreuen, die Lichtarme werfen und Signale senden.
Und einige wenige werden sie auffangen. Für sie sind meine
Signale, ich weiß, Meteore. Ich habe nichts zu sagen, heißt
das in anderen Worten.

1994

Ein verhinderter Romancier?
Das Leben als Roman?

Kunst kommt von Kunst (und nicht einfach aus dem Nichts oder Leben), und Literatur hat zumeist allerlei Leseerfahrung zur Voraussetzung. Daß ein von Lektüre gänzlich unbeleckter Mensch, ein diesbezüglicher Unschuldsengel, zum Schriftsteller wird, dürfte die Ausnahme sein – oder ein Wunschbild. Ich bin auch von Romanlektüre durchtränkt, schon immer gewesen, doch wirkten sich die gespeicherten Vorbilder bei mir eher blockierend als hilfreich aus: weil sie mir Maßstäbe setzten und Anforderungen, Regeln mitgaben, die ich nicht erfüllen konnte.

Müßte ich sagen, was mich beim frühen Romanlesen fesselte, so denke ich zuallererst an die Figuren. Die Romanfiguren besaßen ein Naturell oder Charaktere, vielfach Psychologie, jedenfalls waren sie interessant; sie profilierten sich, gerieten zum Beispiel mit ihrer Umwelt in Konflikt, was Nebenfiguren auf den Plan rief, Dialoge ergab, Handlung ermöglichte, Geschehen freisetzte, überhaupt die zeitliche Dimension aufbrach. Die Figuren kamen nicht aus dem Nichts, sondern aus Familien, Sippen, Geschlechtern, alle hatten sie eine Vorgeschichte, alle hingen miteinander zusammen, die Szene wimmelte nur so von Schicksalen, jedenfalls brodelte es von menschlichem Vorkommen.

Die Figuren und Nebenfiguren wohnten in Häusern und begaben sich auf ihre Landsitze, manchmal auf Reisen, auch in den Krieg, wo sie umkamen oder Helden oder auch Deserteure wurden. Sie lernten die Liebe und oftmals die nach den geltenden Moralvorschriften verbotene Liebe kennen. Sie waren treuergebene Untertanen oder Revolutionäre, Randexistenzen oder Stützen der Gesellschaft. Jedenfalls kam dank der miteinander verstrickten Figuren nicht nur Landschaft in Sicht mitsamt Klima und Jahreszeit, sondern ein ganzes dazugehöriges Sittenbild, das wiederum zu einer bestimmten Epoche und einem bestimmten politischen System paßte und seinen historischen Hintergrund hatte. Um die Schicksale der Figuren gruppierte sich mit zunehmender Lektüre eine Gesellschaft unter dem Zeichen des Niedergangs oder Aufstiegs oder mit Ausblicken auf eine Utopie: eine sterbende alte oder eine im Werden begriffene neue Welt. In diesen Welten kamen Machtverhältnisse und diesen ent- oder widersprechende Überzeugungen, Weltanschauungen zum Ausdruck, eine Ideenfülle. Nicht nur das Gute, das Böse, auch das Abgründige, Kranke, Traum und Alptraum. Gleichgültig, ob die Figuren positive oder negative Helden, ob sie von Lebensekel vergiftet, von Weltschmerz angegriffen, irrsinnig, erinnerungsselig oder kopflastig, absurd oder mythisch waren, sie blieben einnehmend, konnten als Identifikationsfiguren wirken, Schlüsselerlebnisse auslösen. Oder sie waren Vorwegnahmen für etwas, das in einem selbst schlummerte.

Die Protagonisten der Romane wie überhaupt die Romanfiguren waren in der Regel ansprechender, dramatischer als die im eigenen Alltag. Und die Romane waren dank ihres Reichtums, der Geschehnis- und Gedächtnisfülle, dank ihrer Dichte, ihrer Tiefe, ihrer Poesie wahre *Kraftwerke* – des Lebens. Man lebte aufgeladen mit Romanpotential. Man lebte insgeheim Romane. Die Romane schienen wirklicher als das eigene Leben. Damals, als man jung, lesehungrig, überempfänglich und noch ohne viel eigenes Gepäck war.

Ich habe zu diesen Allgemeinheiten ausgeholt, um eine hartnäckig nachwirkende *Sehnsucht nach dem Roman* zu formulieren. Es ist unter anderem die Sehnsucht nach einer Ganzheit, nach Zusammenhang, dem Kontinuum schlechterdings.

Für meine frühen Schreibversuche wirkte sich allerdings

die entsprechende Durchtränktheit hemmend aus, weil die daraus resultierenden Erzählvorstellungen überhaupt nicht mit meinem Wirklichkeitserleben übereinstimmten.

Dabei begann ich mit dem Schreiben ohne jede literarische Ambition. Ich begann damit in der Pubertät, nicht um es den gelesenen Romanen gleichzutun, sondern um einem bedrohlichen Erlebnisansturm zu begegnen, um ein stöhnendes Inneres zu pflegen, um ein Ventil zu schaffen. Das jugendliche Aufschreiben hatte den Charakter eines magischen Abwehrrituals, und zwar deshalb, weil der Erlebnisstoff immer in lauter innere Echoräume zersplitterte, in emotionale Erdbeben, in von den Erdbeben ausgelöste Reflexionen und von beiden provozierte Assoziationsketten zerlief. Der Erlebnisstoff verflüchtigte sich in tausend Richtungen und mit dem Erlebnisstoff die sogenannte Wirklichkeit. Meine frühen Erfahrungen nicht nur mit dem Schreiben, sondern mit dem Festhalten von Erlebtem überhaupt waren solche eines *Verschwindens der Wirklichkeit.* Zahmer und fürs damalige Notieren formuliert: Ich mußte die Wirklichkeit aus einem brodelnden Gefühlskessel fischen und einem hoffnungslos verknäuelten Gedankennetz entreißen und mühsam in beschwörende Sprachgestik übersetzen. Eine unbekannte Größe zu Papier bringen. Keine leichte Sache. Zu schreiben begann ich erst richtig, nachdem ich die flüchtige Wirklichkeit zum Axiom erklärt, die Splitter als Material und die Arbeit als ein Verfertigen von Sprachwirklichkeit anzusehen gelernt hatte. Die einzige greifbare Wirklichkeit ist die in der Sprache zustande kommende, sagte ich zu Beginn meiner Schriftstellerlaufbahn, und auch heute kann ich es nicht viel anders formulieren.

Am Anfang das Erlebnis der fragwürdig gewordenen Wirklichkeit und der daraus gezogene Schluß, die Wirklichkeit sei eine Aufgabe der Kunst. Sie muß in die Zeilen springen und aus der Sprache quellen. Sie soll möglichst im Sprachzentimeter vibrieren.

Diese Erfahrung war in meinem Falle nicht einfach ästhetischer, sie war existentieller Natur. Der Wirklichkeitsverlust ging mit den Schrecken eigenen Unwirklichwerdens, den Drohungen des Nichts, ja einer Verlöschensfurcht und Lähmung der Seele einher. In den Aufschreibungen widerstand ich dem Leiden mühsam mit Spracharbeit. Wie aber drückt sich eine derartige Indisposition für das Erzählen in größeren Formeinheiten, insbesondere im Hinblick auf den Roman aus?

Natürlich im Fehlen von Fabel und Intrige, in der Unfähigkeit, Figuren aufzustellen, Dialoge zu verfassen, in der Hilflosigkeit in bezug auf Geschichtenabwicklung, in der Ablehnung von Handlung, der Unmöglichkeit zu erfinden, wenn nicht im Stoffproblem überhaupt. Ich werde darzulegen haben, wie ich mit dem gebündelten Manko umging. Zuvor möchte ich auf einen Sachverhalt zu sprechen kommen, der mit meiner schweizerischen Herkunft zu tun hat.

Das Verschwinden der Wirklichkeit, ein durchaus zeitgenössisches Problem der Kunst in den fünfziger und frühen sechziger Jahren, stellte sich in der Schweiz, insbesondere was die Schwierigkeit mit dem Stoff anbelangt, ganz anders dar als im benachbarten Deutschland, wo die Nachkriegsliteratur gerade im Bereich des Romans einen erstaunlichen Aufschwung nahm.

Die deutschen Schriftsteller hatten als Herausforderung die Kriegserinnerungen, den Trümmerhaufen, die Vergangenheitsbewältigung, die Schuldfrage, das militante Engagement beim Aufbau der Republik, die Entlarvung der Wirtschaftswundergesellschaft etc. Außerdem belebte sie eine aus dem Anschlußsuchen an die aus den Augen verlorene Moderne hervorgehende Experimentierlust.

In der damaligen, der Nachkriegs-Schweiz, behaupte ich, gab es einfach keine nennenswerte Handlung. Die Leute hatten keine – in die Augen springenden – Schicksale, das Leben glich keinen Romanen, es schien, wenn nicht zu Staub zermalmt, so doch bis zur Unansehnlichkeit verblichen. Vor allem stand es still. In der kriegsverschonten prosperierenden Schweiz triumphierte ein auf den heiligen Grundsätzen der Neutralität und eines garantierten, jede Auseinandersetzung ausschließenden Arbeitsfriedens beruhender, in Sonnenschein gebadeter Stillstand. Die Schweiz hatte sich seit längerem aus der Geschichte zurückgezogen und in sich selbst verkapselt, sie lebte ihrem Eigennutz, lehnte jede Partizipation mit der übrigen Welt ab mit Ausnahme derjenigen der – unsichtbaren – Finanzverflechtung, ihre Devise war Unveränderlichkeit, was mit Veränderung, also Infragestellung zu tun haben wollte, war des Teufels oder ausländisches Agentenwerk, der Oberteufel hieß Utopie oder Kommunist, Zukunft wurde, weil nicht benötigt, ganz aus den Augen gelassen, durchgestrichen, die Leute lebten spannungslos totalverwaltet gutgekleidet langweilig, auch gab es keine echte Opposition, wozu auch, es herrschte Konkordanz, es gab auch nur scheinbar Politik, nur Dorfpolitik, man genügte sich selbst, alles Erreichenswerte war erreicht, nach außen lieferte man ein Vorbild und damit basta. Die Schweiz florierte tugendhaft unter dem Heiligenschein und im Strahlenkranz sorgfältig indoktrinierter falscher Mythen. Sie schien nicht nur, sie war die überlebensgroße Unwirklichkeit in persona. Ein Paradox. Das Schlimmste an den damaligen helvetischen Zuständen war für mich über das Stillstandsmäßige und Scheinheilige hinaus der Umstand, daß das Leben, in gleich welcher Form immer, so gut wie verboten war. Unergiebige Verhältnisse für junge Erzähler. Stoffe gab es damals nur für Psychiater, kein Wunder, daß die Literatur sich in Minimalismen und Hermetik und allenfalls engagierte Fleißübungen verkroch. Daß sie es schwer hatte. Dürrenmatt machte daraus monströse Weltuntergangskomödien, Frisch hatte bezeichnenderweise mit *Stiller* die Identitätsproblematik oder -suche eingeführt und mit dem Leitsatz »Ich bin nicht Stiller« versuchsweise die schweizerische Staatszugehörigkeit in Frage gestellt. Es ist nicht von ungefähr, daß mein in sieben langen Jahren ziemlich mühselig entstandenes, 1971 publiziertes Buch *Im Hause enden die Geschichten*, das einzige, das ganz in der Schweiz spielt und lange den ironischen Arbeitstitel »Roman« trug, mit den Sätzen endet: »Das Haus ist kein Roman. Nicht einmal eine Geschichte, keine nennenswerte, keine lebenswerte zumindest. Wir können DAS HAUS abbrechen.«

Nach dieser Abschweifung über Bedingungen und Bedingtheit zurück zum Problem des Erzählens, zurück zum Roman. Aus dem bisher Gesagten wird verständlich, wenn ich erkläre, meine Grundthematik sei die FREMDE und das künstlerische Programm die LEBENSSUCHE.

Auf der existentiellen Ebene wird und ist Lebenssucht für mich gleichbedeutend mit Weltstadt. Ich vermerke das nicht aus biographischer Schwatzhaftigkeit, sondern weil die Weltstadt oder STADT für meine Art des Schreibens unabdingbar und die Wiege ist, zweitens jedoch, weil man meine Bücher auch als Stadtstreichereien oder Stadtwanderungen lesen kann. Diese Thematik ist eine wichtige Komponente. Im übrigen verdanke ich alle meine Bücher den Städten, der STADT.

Um nun wieder auf den Roman und die dazu unentbehrliche Romanfigur zu sprechen zu kommen, wäre zu sagen, daß es neben dem Hauptakteur des schreibenden Ichs vielerlei Figuren gibt und geben kann, nur dialogisieren und handeln sie nicht wie im notorischen Roman, sondern tauchen in der Sprachströmung auf und unter wie Fische im Wasser. Als Gegenbeispiel zum Gesagten wäre das Ausnahmebuch *Stolz* zu erwähnen, das eine benannte und handelnde Person zum Protagonisten hat, der in der dritten Person Vergangenheit auftritt. Mit jenem, übrigens mit Büchners *Lenz* korrespondierenden Erzähltext, den ich unter der Gattungsbezeichnung Roman publizierte, obwohl Erzählung angemessener gewesen wäre, wie ich heute denke, wollte ich das finalisierende Schreiben wenigstens einmal durchexerzieren. Leider verstarb mir der aufgestellte Held oder Unheld frühzeitig unter der Hand, was nicht vorherzusehen war. Er stellte sich als eine Lebensverweigerungsfigur heraus, er lebte nicht lange genug, um sich zu profilieren und mich zu einem Romanautor aufrücken zu lassen.

Stolz ist mein einziger Versuch mit fortlaufender Handlung nach annähernd klassischem Erzählmuster geblieben, was nicht zu verwechseln ist mit Realistik. Im allgemeinen empfinde ich heutige nach tradtionellem Romanmuster verfaßte Bücher meistens nicht nur als ganz und gar unrealistisch, sondern als papierene Fabrikate bzw. Reproduktionen. Für meine Bücher würde ich indessen den realistischen Aspekt deshalb reklamieren, weil sie die unbekannte Größe Wirklichkeit dort abfangen, wo sie realiter einschlägt, als Strahlung, Infrarot oder was immer einwirkt und lebendige Spuren hinterläßt: im subjektiven Erlebnisapparat oder, anders ausgedrückt, auf der Fotoplatte des Erleidens, dem einzigen verläßlichen Wirklichkeitsvermittler. Es ist eine Frage des »Entwickelns«, ich meine der Verwandlung, also Sprachwerdung. Wenn es gelingt, kann nicht nur der Wirklichkeit, sondern der Existenz eine Sprachmaske abgenommen werden.

Zum Aspekt der Verwandlung ein Wort. Sosehr meine Bücher aus autobiographischen Materialien, introspektiver Ausgräberei bis hin zu Traum und Angsttraum, kurzum: aus Selbsterlebtem gemacht und gefiltert sind, sosehr bin ich von der Intention geradezu besessen, bei aller Direktheit, ja Unverhülltheit letztendlich ein Buch der *Fiktion*, also Imagination, der reinen *Literatur* zu erlangen. Das Endprodukt soll ganz und gar von den persönlichen Umständen und Anlässen abgelöst sein: wie eine Seifenblase, die sich vom

Strohhalm löst und geheimnisvoll schillernd entschwebt. Das Buch soll ein eigenlebendiger autonomer Organismus, ein rätselhaftes Ganzes, ein Sprachkunstwerk, es soll Schöpfung sein.

Möglicherweise versteckt sich hinter diesem Anspruch die Nostalgie nach dem Roman. Ich denke, daß das, was mich als Leser am großen Roman am tiefsten beeindruckt hat, mit einem durchinstrumentierten Weltganzen oder doch mit der Illusion oder Suggestion eines durchgehenden Zusammenhangs und unabsehbaren Kontinuums zu tun hat. Die eingangs erwähnte Sehnsucht nach dem Roman könnte die Sehnsucht nach einer entsprechenden Geborgenheit meinen.

Mir ist solches Romanschreiben versagt, schon darum, weil ich früh zur Überzeugung gekommen sein muß, daß ein jeder in seiner Subjektivität wie in einer Monade eingesperrt bleibe; daß man jedoch das Essentielle in einer Art Kellerbewußtsein gespeichert finden könne und zugänglich, falls es gelingt, da hinunter zu tauchen und sich von den unterirdischen Flüssen tragen und auf die Reise mitnehmen zu lassen. Die Reisen sind solche des Seelenwanderers, ich könnte auch sagen: eines spezifischen Erinnerns. Ich lernte jenes Erinnern, eine Art instrumentales Vagabundieren, zu praktizieren. Es findet auf dem Rücken musikalischer Strömungen statt, und es ermöglicht das Tauchen nach Bildern.

Das Problem ist: wo beginnen und wo enden? Der Beginn ist ohne Plan. Ein Mensch, der anfängt zu sprechen oder zu murmeln. Der Beginn ist ein Antönen und Einspielen. Ich verwandle mich beim Schreiben in ein Instrument, ich schreibe, wenn es gutgeht instrumental. Und dabei höre ich mir zu: Instrument und Instrumentalist in einer Person. Ich habe meine Bücher im Grunde wie ein am Piano improvisierender Komponist begonnen. Ich begann mit einzelnen Motiven, die ich nach musikalischem Prinzip notierte, setzte die Motive wie einzelne Klangmuster zusammen, bis sich ein größerer Zusammenhang, eine erste Formvorstellung ergab.

Ich schreibe eine rhythmisch skandierte tönende Prosa, ich will damit unterstreichen, daß ich meine Sprache beim Schreiben *höre* und oftmals voraushöre. Es kommt vor, daß ich ganze Passagen eines im Entstehen begriffenen Buches in seiner rhythmischen Kadenz und Klangmaske im Gespür habe, noch ehe ich um den Inhalt und Sinn weiß. Das wäre in solchem Falle das Ausschlüpfen von Text aus einem musikalischen Kokon.

Das Musikalische ist natürlich längst nicht alles, nur *ein* Organisationsprinzip unter anderen für meine Materie, die ich in Sprache verwandeln muß.

Meine derzeitige Vorstellung von Prosa ist diese: Dinge des Lebens ohne Gerüst als eine Art Alltag in die Seiten einschwärmen lassen wie den Bienenschwarm oder das Schneegestöber. Und dem anmutigen Einfall den Film der inneren Auslösungen antworten lassen. Das Ganze filtern und zur Partitur verwandeln, bis es zur Stimme erstarkt und den Ton der unerhörten Kunde gewinnt, den Einmaligkeits- und Allgemeinwert mit den drängenden Untertönen des Erinnerns. Es wäre bezeugt und beglaubigt von einem authentischen Menschen, dem sich die Zunge löst.

Ich schreibe in allen meinen Büchern am selben Buch. Weiter.

Nach meiner Auffassung von Erzählprosa und zur Romanproblematik befragt, komme ich zum Schluß, ich sei wohl so etwas wie ein verhinderter Romancier, der sich an einer Sehnsuchtslinie des Romans entlangschreibt. Es ist auch möglich, daß ich mir einen Lebensroman *zuschreibe*.

1992

» … weil das Untergehen die Sprache freimacht«

Ein Gespräch mit Peter Henning

Sie leben seit mittlerweile zehn Jahren hier in Paris. Was bedeutet Ihnen diese Stadt?

Für mich ist Paris heute die Schönste, die Einzige. Doch lassen Sie mich zuvor berichtigen: Die Abfolge ist nicht so einfach. München war wohl meine erste länger dauernde Großstadterfahrung, ich habe da studiert, bei Sedlmayer, bei Buschor, aber auch zum ersten Male geheiratet. Doch lange vor München lernte ich bereits Paris kennen. Paris ist ein Kindheitstopos, weil hier eine Familienangehörige lebte, die ich in den Schulferien besuchen durfte. Der Traum von Paris und damit verbunden die ersten Rauschesvorstellungen der Weltstadt sind mir im Halbwüchsigenalter eingeimpft worden. Paris ist ja keine banale Realität, sondern ein tausendfacher Traum. Jedermann, der hier ankommt, ist bereits durchtränkt von Pariser Bildern, die ihm Film, das Chanson, die Bücher vermittelt haben, die Augen des Ankömmlings sind nicht unvoreingenommen, es ist darum sehr schwer, den aus so vielen Quellen genährten Traum zu sprengen, um zu etwas Eigenem, Neuem vorzustoßen.

Könnten Sie die Stationen Ihrer »Städteodyssee« kurz skizzieren?

Bevor ich nach Paris übersiedelte, lebte ich 15 Jahre in Zürich, doch habe ich mich in dieser langen Zeit zum Schreiben immer abgesetzt, in Großstädte, am liebsten nach London. In meiner Zürcher Zeit war London das bevorzugte Ziel meiner Evasionen. Es war das London der ausgehenden sechziger und beginnenden siebziger Jahre, ein verwirrendes und wundertätiges Asyl. Ich sage Asyl, weil ich mir diese Rückzugsmöglichkeiten, Klausuren fluchtweise stehlen mußte. Sie dauerten jeweils einen bis mehrere Monate, insgesamt muß ich etwa eineinhalb Jahre in London gewesen sein. Ich schrieb da große Teile des Buches *Im Hause enden die Geschichten*, das ausschließlich in Bern spielt, zudem in der Kindheit. Ich kann nicht sagen, daß ich in London gelebt habe. Da mir das Angelsächsische eher fern lag und ich so gut wie kein Englisch sprach, stationierte ich als eine Art Taubstummer in dieser Stadt. Mit Ausnahme von Elias Canetti (und den Landlords und Landladys, die mir ihre Zimmer vermieteten) hatte ich sehr wenig Kontakte. Ich war allein, aber nicht im Leeren, sondern im Unermeßlichen der Lebensprozession: Ich wurde gewaltig belebt. Ich habe in London die nötige Selbstabsehung, aber auch Erwärmung, Umhüllung, die zum Schreiben nötigen Aspekte der Fremde, die Freiheit gefunden. Die Stadt war ein dichterisches Arbeitszimmer.

München? – gehört in die Jahre '52 und '53, es gab noch ausgebombte Bezirke, es gab die Amis in Straßen und Lokalen und mit ihnen ein Echo auf die Vorstellung, ›Sieger und Besiegte‹, es gab so etwas wie den Widerschein des Krieges, es lag ein Stück noch nicht erkalteter Weltgeschichte greifbar nahe, wenigstens für einen vom Krieg verschonten, naiven Schweizer wie mich. Wenn wir – und jetzt spreche ich für die Landsleute meiner Generation – damals in eine Stadt wie München kamen, dann geschah es mit zwiespältigen Gefühlen. Einerseits kamen wir, die wir mit deutscher Literatur und Kultur nicht nur aufgewachsen, sondern ernährt worden waren, in einen Raum geistiger Heimat und gleichzeitig in gefürchtetes und ›verbotenes Feindesland‹. Es war Anschauungsunterricht für beides. Es war aufregend.

Neulich fiel mir etwas zu der damaligen Deutschlanderfahrung ein, das ich vergessen hatte. In dem Buch *Das Jahr der Liebe* liegt der Protagonist mit zwei Frauen im Bett und kommentiert sein Glück mit den Worten: »Es war, wie wenn wir ein Brot teilten, nicht anders, als hätten zufällig Zusammengewürfelte unter der Plane eines Planwagens eine Sprache der Verständigung gefunden...« Plane eines Planwagens? Ich will Ihnen sagen, woher das Bild stammt.

Bei einer Autostopp-Fahrt nach Deutschland wurde ich von einem Fernlastfahrer mitgenommen und nicht vorn, sondern hinten unter der Plane verstaut, wo ich einen gleichaltrigen jungen Deutschen, blinden Passagier, vorfand, mit dem ich ins Gespräch kam und der mir von seinem Margarinebrot anbot. Ich war beeindruckt sowohl von dem Akt des Brotteilens, dem Gestus der Verständigung wie von der Margarine, die für mich damals bloß ein gelesenes Wort aus dem Vokabular eines Erich Kästner, aber nichts Eßbares gewesen war. Das war Deutschland, und die kleine Begebenheit aus dem Jahr '52 mutierte zum Versatzstück einer Bordellszene in meinem Roman von '81.

München ist demnach auch heute noch in Ihren Erinnerungen präsent.

Die fünfziger Jahre waren einigermaßen auf Deutschland ausgerichtet. Ich war mit der Tochter eines lutherischen Pfarrers verheiratet und so, vor allem wenn man bedenkt, welchen Stellenwert das deutsche Pfarrhaus lange für die deutsche Kultur besaß, in einer bevorzugten Zugehörigkeitssituation. Übrigens gab es mehrere Pfarrhäuser in der Verwandtschaft, auch in München. '56 verbrachte ich eine längere Zeit im Spessart und in Aschaffenburg, sie ist in mein Buch *Stolz* eingegangen. Jahre vor München, unmittelbar nach dem Krieg, kam ich erstmals nach Venedig. Ich hatte ein von Hofmannsthals *Andreas oder die Vereinigten* herrührendes »Inneres Venedig« mitgebracht, ein angelesenes, es ging gleich in dem damaligen Erleben unter. Auf der Reise, in Zügen und Autobussen, war ich mit der Italianità erstmals näher in Kontakt gekommen, und wenn ich heute neorealistische Filme sehe, denke ich immer, ich kenne die Gesichter und Moden und das Benehmen in Filmen wie *Paisà* oder *Riso amaro*: von damals.

Ich erwähne Venedig aus zwei Gründen. Erstens deshalb, weil man nie recht weiß, womit man in fremden Städten Verbindung aufnimmt, mit welchen Realitäten oder Einbildungen, Trugbildern, Legenden. Vermutlich sind es Schollen, Provinzen des unbekannten Selbst, wir sind ja selber aus all diesem Stoff gemacht. Zweitens erwähne ich es, weil ich damals als Schüler eine Affinität für Italien entdeckte, die mich unmittelbar nach dem Abitur nach Kalabrien schickte und auf die Insel Ischia und 1960 nach Rom zog.

Stichwort: Rom. Ist Rom nicht die »Geburtsstätte« des Schriftstellers Paul Nizon?

Rom war für mich die wichtigste Station in dieser »Städteschule«, weil ich dort sozusagen die Haut gewechselt habe. Was ich bis dahin geglaubt, als überkommene Ideale, Anschauungen, auch als Selbstverständnis mitgebracht habe, fiel ab, ich entblätterte mich wie ein Baum im Wind. Ich habe in Rom kaum geschrieben, ich ließ mich laufen und auslaufen. Und was oder wer da zutage trat, entsprach nicht dem, was ich von mir angenommen hatte. Es war eine Neuwerdung, auch Schriftstellerwerdung, wie sich bald darauf zeigen sollte. Kurz nach meiner Rückkehr in die Schweiz hielt ich mich eine Weile in Barcelona auf, wo ich auf dramatische Weise aus meiner Haut fuhr. Danach wurde das Schreiben ein Akt der Notwehr. Inn diesem Sinne spreche ich von Neuwerdung oder schriftstellerischer Geburt. Ausgelöst wurde derlei durch die Macht der Städte.

Der Großstadthunger war von Anfang an da, es war die Sehnsucht nach einer städtischen Dimension, die es in der Schweiz nicht gab. In der Schweiz ist Zürich die größte Stadt, aber ich verzehrte mich nach einer Kategorie, wo ein menschliches Leben und eine menschliche Fassungskraft nicht ausreicht, um »anzukommen«. Ich gierte nach einer städtischen Übermacht. Als ich in Rom war, wollte ich immer da bleiben, auch London wollte ich später irgendwie treu bleiben, es ist wie bei Liebesgeschichten: Wenn man wirklich Feuer gefangen hat, kann man sich nicht vorstellen, daß es nur eine Umgebung unter anderen Umgebungen sein sollte. Man denkt: Es muß für immer sein.

Das Jahr der Liebe ist unter gewissen Aspekten als ein »Paris-Buch« zu sehen. Vermittelt diese Stadt dem Künstler so etwas wie eine Aura spezifischer Sinnlichkeit, und wenn ja, in welcher Form nimmt diese Einfluß auf Ihre, ohnehin stark versinnlichte Schreibhaltung?

Ich möchte nicht sagen, daß es sich um eine Sinnlichkeit handelt. Ich glaube, der Sinnlichkeitseindruck von Rom war stärker als derjenige von Paris. Die römische Sinnlichkeit hat mich aus allerlei idealistischen Korsetts herausgerissen, sie verhalf mir zur Entdeckung des sinnlichen Barbaren in mir selber. Ich bin in jeder Stadt als ein anderer ausgeschlüpft. Und habe es in meinen Büchern den Städten zuzuschreiben versucht.

Obwohl ich ein antianekdotischer Schriftsteller bin, fühle ich mich glücklich, daß dem so ist: weil ich meine, man soll etwas zurücklassen, von dem, was man gelebt hat, man soll es bezeugen. Auch mit Menschen geht mir das so. Ich bin irgendwie stolz darauf, daß ich jene Tante, die mir durch die Hinterlassung ihrer kleinen Wohnung zu dem Sprung nach Paris verholfen hat, aufleben lassen konnte in meinem Paris-Buch. Das sind kleine Befriedigungen ganz persönlicher Art. Es hat aber auch mit Größenwahn zu tun. Wenn ich in diesem Meer von Stadt in meinem Element, wenn ich in Hochform bin, dann habe ich wirklich ein Allmachtsgefühl, als hätte ich einen Zauberstab in der Hand. Ich werde mit diesem Zepter oder Stab oder Schwanz den Stein berühren, und er wird sprechen, ich werde dieses Ding zum Sprechen bringen. Ich werde die Stadt und die Menschen zum Leben erwecken, ich werde die Öde, den Tod bannen. Ich werde alles beleben, weil ich jetzt selber lebendig bin. Das ist für mich eine zentrale Vorstellung, mag sie noch so anachronistisch oder kitschig tönen.

*Demnach handelt es sich bei Ihrem Verhältnis zur Stadt
um so etwas wie eine zusätzliche »Befeuerung«; um
ein schriftstellerisches Angezündet-, ein Angestecktsein
im Sinne einer Sprachbefeuerung, die den Sprachfluß in
Gang setzt?*

Bei den Städten sind es immer Liebesgeschichten. Das Verhältnis vom Schriftsteller oder Einwanderer zu einer solchen Stadt ist das Verhältnis des Werbenden zu einer überlebensgroßen Widerständigen, einer gewaltigen Geliebten, die letztlich nicht zu erobern ist. – Doch Paris ist für mich, um auf eine frühere Frage zurückzukommen, nicht die sinnlichste, sondern die geistigste Stadt. Es ist eine himmlische Stadt.

Wenn du in die von den Stadtfluchten erfaßten Himmelskanäle schaust, wirst du einer Klarheit, Durchsichtigkeit, Helle ausgesetzt, die nur mit dem Wort spirituell zu bezeichnen ist. Es ist diese durch Strenge erlangte Klarheit und Durchsichtigkeit, die das zirkusbunte Treiben auf der Trottoirebene, diese irdische Freiheit nach sich zieht. Man sollte über die Himmel schreiben, über das Verhältnis der Städte zum Himmel. Für mich ist der Himmel eine Spiegelung, Funktion, ja Erfindung des Unten. Rom hat einen Honighimmel, der bis zum Pflaster reicht und den Bewohner in eine Schläfrigkeit, Brummigkeit und Geilheit wiegt. Es ist eine fatalistische, ja wohl tragische Schläfrigkeit, was der dort ewige Himmel erzeugt, etwas sehr Humanes.

Sie sprechen von einer durch Klarheit oder Durchsichtigkeit gewonnenen Freiheit. Was bedeutet Ihnen der Begriff – Freiheit – im Hinblick auf die Stadt?

Der Freiheitsaspekt ist für mich in jeder wirklich großen Stadt ein Primärerlebnis. Er hängt zusammen mit der in jeglicher Hinsicht manifesten Durchmischung und daraus resultierenden Anarchie, die jeder Verwaltung spottet. Diese setzt für den einzelnen ein Freiheitsgefühl frei, einmal weil man sich entkommen, verlieren, weil man untergehen kann, aber auch weil man andauernd zu einem Existenz- und Überlebenskampf herausgefordert wird, was belebend ist.

Es ist ein Untergehen, das zuerst sprachlos macht bis zu einem erdrückenden Grade und dann im Sinne des Heraufkommens die Zunge löst. Ich spreche natürlich in eigener Sache, aus privilegierter, aus egoistischer Sicht. Die großen Städte sind bekanntlich Entbinderinnen, Entbindungsanstalten. Sie sind auch Gedächtnisse der menschlichen Geschichte. Diese ist in den Namen aller Metrostationen, in den Fassaden und der Gestik der Architektur, den Monumenten, den Schichtungen der gesamten Stadtlandschaft sinnlich gegenwärtig, so daß du auf Schritt und Tritt deiner eigenen Geschichtlichkeit bewußt wirst. Es kann eine bis zum Delirium der Gedankenmühle ausschlagende Anregung sein. Hinzu kommt die Sättigung durch Schönheit.

Ihr Buch Das Jahr der Liebe *enthält mitunter entwaffnend offen geschilderte Passagen poetischer Sinnlichkeit und Erotik. Verkörpert Paris so etwas wie die Präsenz irdischer Liebe als feststehender Topos?*

Paris ist für mich der Mittelpunkt der irdischen Liebe, der Ort auf der Welt, wo die Liebe als Teil, nein: als eine Hauptsache des irdischen Glücks erfunden worden und Eros als Einladung, Verlockung und Verführung allgegenwärtig ist. Ich meine mit Liebe nichts Entrücktes oder Überhöhtes, sondern die leibliche Liebe zwischen Mann und Frau. Diese Liebe gilt hierzulande sehr viel, sie ist ein Gipfel der Glücksvorstellung, was in anderen Kulturen nicht unbedingt der Fall ist.

Als ich im Gymnasiastenalter mit jungen Augen erstmals hier umging, sah ich neben allem anderen erstaunt und mit Neid überall Liebespaare. Sie erschienen mir wie Kristallisationen dieser Stadt, Ausgeburten ihrer Stimmung, die eigentlichen Wahrzeichen. War es die Stadt, die die jungen Leute mit diesem Wahn oder Zauber befällt, daß sie sich in Liebende verwandeln müssen, ist das der Tribut, den sie ihnen abnötigt? Sie gehören wie wandelnde Inbilder hierher – wie die Bouquinisten zur Seine. Dieses Glücksversprechen gehört zum Genius loci, ein Anruf, der jederzeit dein Leben ändern kann.

Was erscheint Ihnen im Rückblick auf die eigenen reichhaltigen Großstadterfahrungen als das Beeindruckendste, vielleicht Aufreizendste solcher Metropolen wie London, Rom oder Paris?

Für mich gehört zum Glücksfall der Weltstadt, daß man seine Einzigkeit erfahren und erlernen kann, Einzigkeit im Sinne der Überheblichkeit, was sehr wichtig ist, wie auch im Sinne der Überflüssigkeit. Beides setze ich gegen die feste Rollenzuteilung am angestammten überschaubaren Ort, wo man eine literarische Persönlichkeit werden und als Lokalmatador in einem bestimmten Geflecht eine bestimmte Funktion erfüllen kann, was einen leicht in eine Sackgasse oder Repetitions- und Statthalterrolle, in die Defensive treibt. Während man hier, wenn man sich in einem schöpferischen Schub befindet, die eigene Einzigkeit bis zum Wahnsinn und zu anderen Zeiten die eigene Überflüssigkeit und Nichtigkeit bis zur Auslöschung empfinden kann, was ich als gesund erachte.

Sie sprachen vom »Weltpalaver« in dieser Stadt – könnten Sie diesen Begriff näher definieren?

Es hängt mit dem anderen Kulturraum zusammen und dann mit dem in einer Stadt wie Paris vorhandenen Kultur- und Völkergemisch. Es kann schon, punktuell, ein Glücksgefühl sein, wenn du dir sagst, daß deine Stimme in dem Gurgeln des Weltpalavers hörbar wird, daß deine Flaschenpost irgendwo ankommt, daß einem Empfänger in der Entdeckerfreude die Augen übergehn. Es ist etwas grundsätzlich anderes als die schrittweise Promotion im Rahmen des herkömmlichen Literaturbetriebs, der fürs wirkliche Arbeiten frustrierend ist, weil er mit Gschaftlhuberei, Andienen, Mitmischen und derlei Praktiken zu tun hat, mit Trends, Börsenstudium, Spekulation… Es ist klar, daß man als Autor auch eine Ware herstellt, doch ist es etwas anderes, wenn man sich selber als Ware begreift, hergibt.

Zahlreiche Schriftsteller lebten und leben hier in Paris im Exil, einige im selbstgewählten. Haben Sie Kontakte zu derzeit hier »Exilierten« wie vielleicht Milan Kundera oder Peter Handke?

Eine Zeitlang, ich glaube zwei Jahre, haben sich Handkes und meine Existenz hier in Paris überschnitten. Es war in meiner ersten Zeit, ich lebte in einem extremen Abseits, und es war für mich immer ein Fest, mit ihm zusammenzukommen. Alle paar Wochen war das der Fall, wir sprachen kaum über Literatur, wir tranken viel, hinterher begleitete ich ihn nach Clamart, wo er wohnte. Mir war manchmal so wie einem Strafgefangenen, der endlich wieder einmal von zu Hause Besuch kriegt. Von den hier Exilierten kenne ich nur Cioran. Nathalie Sarraute bin ich begegnet, Kundera leider nie. Cortázar kurz vor seinem Tod.

Es gibt also Berührungen mit der französischen Literatur, mit französischen Kollegen?

Es gibt Berührungen. Mit ganz wenigen bin ich befreundet, andere habe ich flüchtig kennengelernt. Ich meide den Literaturbetrieb, ich bin kein Partymensch, eher ein Kneipengänger oder besser ein Barmensch. Ich finde leichter Zugang zu den bildenden Künstlern als zum Intellektuellenmilieu, das war schon immer so. Das literarische Geschehen hier verfolge ich ein wenig über die Medien, ich lese französische Bücher, aber nur sporadisch Zeitgenossen, es ist eine Zeitfrage, es will ja auch einiges von deutschsprachigen Kollegen gelesen sein.

Vorübergehend, als ich fast ausschließlich französisch las, stellte ich beim Schreiben fest, daß ich nach Worten suchte und mir die französische Satzkonstruktion in die Quere kam, es war ein Schock. Letztes Jahr habe ich nach langem wieder einmal bei Literaturtagen mitgemacht, beim

Steirischen Herbst, den Solothurner Literaturtagen; hier in Paris bei den transeuropäischen Literaturwochen und den deutsch-französischen Begegnungen. Es bestand ein gewisses Nachholbedürfnis, denke ich, es war anregend, wohltuend und auch abstoßend, es war wohl wichtig, aus der Selbstverschanzung auszubrechen. Ich lese hier ja auch keine deutschen oder schweizerischen Zeitungen, weiß nicht recht, warum...

... ist es der Schutz des im Paradies Lebenden vor dem Einbruch der Wirklichkeit?

Ich möchte nicht behaupten, daß ich im Paradies lebe, aber es ist wohl so, daß ich den selbstgewählten Exilzustand irgendwie reinerhalten möchte. Die Umsiedlung hierher war der Versuch, einen uralten Traum, koste es, was es wolle, wahrzumachen. Ich habe etwas verlassen und mich auf eine Expedition begeben, um etwas zu suchen; ich möchte dieses Goldsuchen, auch wenn sich zeigen sollte, daß es eine Illusion war, zu Ende führen, ich möchte es nicht verwässern, bagatellisieren, nicht gleichzeitig auf zwei Hochzeiten tanzen, nicht profanisieren, nicht kommerzialisieren und nicht zerreden. Bei dem Literaturfestival der deutsch-französischen Wochen gab es diesen Einbruch, als würde mich etwas einholen...

... die Geschichte holt den Flüchtigen wieder ein?

... nicht die Geschichte – der Literaturbetrieb und damit die Vergeblichkeit, wenn nicht Trivialität des Ganzen.

Wie stellen sich Ihre Schweizer Kollegen zum Faktum Ihrer Auswanderung?

Alle scheinen sich darin einig, daß ein Phänomen wie Emigration (im Sinne der Cendrars, Corbusier etc.) darum nicht der Rede wert sei, weil es nicht mehr existiere. Keiner wandere mehr aus, weil heute jedermann und der Intellektuelle oder Künstler insbesondere in einer latenten Internationalität wohne. Sie meinten wohl ihr physisches Überallgleichzeitigsein, ihren eigenen Einsatz an allen Fronten und bis in alle

118

Fernen, bis China, wohl als Kongreßteilnehmer, Schlachten-
bummler, Inspektoren. Es versteht sich, daß keiner meine
Ausnahme erwähnt. Ich schließe daraus, daß sie meinem
Exodus nicht ernst nehmen, lächerlich finden, vergessen haben oder aber verdrängen, weil er nicht ins Konzept paßt.
Mich wiederum interessiert diese Internationalität nicht,
ich bin kein Reisender. Als Reisender kann man sich der
Fremde nicht wirklich aussetzen, man kann vor allem nicht
untergehen, wenn man mit einem Bein auf dem Festland
der Sicherheiten bleibt. Es ist kein echtes Risiko im Spiel,
man kann nicht aufs Ganze gehen. Ich suche die Selbstver-
pflanzung auf Gedeih und Verderb – und die Hoffnung auf
Neuwerdung. Mit anderen Worten: Ich ziehe aus, weil ich
mich in einer Lebenssackgasse sehe oder weil mir der Boden
unter den Füßen verdorrt, weil ich nicht weiterkomme. Ich
suche Neuland, ein neues Leben, ich suche das Leben –
nicht ein neues Kolorit, Kontakte, Anregungen, den Tape-
tenwechsel oder irgendwelche Jagdtrophäen. Es muß schon
ums Leben gehen, sonst sehe ich keinen Grund, mich wegzu-
begeben, zu »verändern«, wie es heißt.

*Wie sieht für Sie hier in Paris ein gewöhnlicher Arbeitstag
aus?*

Ich stehe heutzutage eher früh auf, und zwar aus Solidarität
mit meiner Frau, die nach neun das Haus verläßt. Bis zum
geistigen Aufwachen dauert es allerdings eine Weile, etwa
bis Mittag. Bis dahin mache ich Besorgungen, ein Vorwand
für den ersten Gang. Dieser erste Gang ist das Tagbegrüßen
und führt mit Vorliebe durch den Garten des Palais Royal
in der Gegend der Nationalbibliothek, für meine Begriffe
gewissermaßen ins Herz der Schönheit. Ich kann es immer
noch nicht fassen, daß ich das unwahrscheinliche Glück
hatte, gerade hier eine Wohnung zu finden. Vordem wohnte
ich lange im 18. Bezirk in einer Gegend unweit von Barbès,
die vorwiegend von afrikanischen Immigranten bevölkert
ist und manchmal das Harlem von Paris genannt wird.

Am Vormittag handelt es sich um ein Anlaufen, danach geht's per Bus in mein Arbeitszimmer, das sich zur Zeit im 20. Bezirk, in der Nähe des Friedhofs Père Lachaise befindet. Ich habe mittlerweile bestimmt mehr als zehn solcher Außenposten in Betrieb gehabt und bin dadurch ganz schön in der Stadt herumgekommen, weil ich Wohnen und Arbeiten strikt trenne. Die Busfahrt kann bis eine Stunde dauern, je nach Verkehr, sie ist eine Stadttraverse, ein Frottieren der Sinne und eine innere Vorbereitung aufs Schreiben. Danach arbeite ich in der Regel durch bis gegen acht Uhr abends. Wobei es neuerdings vorkommt, daß ich zwischendurch auf dem Friedhof herumlaufe.

Das Laufen ist wichtig, um weitere Buch- oder Gedankenschritte wiegenderweise in Bewegung zu setzen, vor allem dann, wenn man sich verrannt hat. Es folgt das Abendessen und das Zusammensein mit meiner Frau, auch Lektüre. Es gibt Zeiten, wo das Problem des Weiterkommens mit der Arbeit dermaßen schwierig erscheint, daß die stundenweise Absonderung nicht genügt. Dann versuche ich mir für Tage oder Wochen ein Haus auf dem Lande zu organisieren und verbarrikadiere mich so lange, bis ich durch das verdammte Nadelöhr durch bin. Danach kann ich den gewohnten Rhythmus wiederaufnehmen. Es sind dies Fragen der Technik, ein jeder hat seine spezielle Methode, es gibt sogar Leute, die nur zugfahrenderweise schreiben können, habe ich einmal gehört.

Wichtig ist der haushälterische Umgang mit den Schreibgeistern. In produktiven Zeiten kann man sich keine wilden Nächte erlauben, ich halte mich an ein regelmäßiges Leben, wie ich auch darauf achte, abends und nachts möglichst wenig an das Buch zu denken, damit die Materie absinken kann und die Umwälzung über das Unbewußte nicht gestört wird. Die produktiven Zeiten sind die einzigen wirklich glücklichen Zeiten, die ich kenne – vielleicht mit Ausnahme der Liebe. Die Zeiten des Erharrens und des Wartens, bis etwas reif wird, sind zum Teil richtiggehend depressive Phasen.

Bei mir ist es so, daß ich in der Regel fürchterlich lange warten muß, bis es soweit ist, dieser Prozeß scheint sich nicht abkürzen oder beeinflussen zu lassen, er gehört wohl zu meinen Bedingungen. Wenn ich richtig am Schreiben bin, dann bin ich meist zuversichtlich, und eine Zuversicht schüttet sich auf eine unbegrenzte Zukunft aus, scheinbar. Es erweist sich jeweilen als Illusion. In der Wartezeit – Wartezeit auf so etwas wie den inneren Marschbefehl – bin ich in einer Art Hölle und verfluche mich und Paris und alles und alle anderen Schrifsteller, von denen ich annehme, daß sie es leichter haben, von Herzen.

1986

Paris, mon amour

Man geht nach Marseille, mais on monte à Paris. Je suis monté à Paris, sagen Franzosen, die es zu etwas gebracht haben. Das Wort »monter« deutet natürlich nicht nordwärts, wiewohl eine Himmelsrichtung, wenn auch ganz anderer Art, gemeint sein mag. Diese Formulierung verweist auf einen Aufstieg – zu einem Gipfel. Eines Tages hat der junge ambitiöse Mensch den Schritt gewagt und sich aufgemacht. Es gehörte allerhand Mut dazu, doch war es unausweichlich, alle Wege zu einer großen Karriere führten auf Gedeih und Verderb über Paris. Es klingt in dieser Wortwahl eine gewisse Ehrfurcht an, und natürlich schwingt in der Vokabel »hochsteigen« auch die Hoffnung auf Emporkommen mit.

Paris ist neben London die wohl einzige Stadt in Europa, die den Namen Weltstadt verdient. Was sind die Charakteristiken einer solchen? Erstens eine Größenordnung, für die nur der Begriff des Unermeßlichen ausreicht, Megalopolis. Unermeßlichkeit des Häusermeers wie des Menschengewimmels, der Zirkulation, des Geschehens, der Angebote von Arbeit, von Markt und Moden und Kultur. Unausschaubarkeit der Prachtentfaltung. Alles in allem eine Größe, die jegliche Fassungskraft übersteigt.

Zweitens das Weltbedeutende. Eine solche Stadt bildet Welt ab in den Gebärden der Architektur – das ganze Stadtgefäß ein steingewordenes Gedächtnis von Weltgeschichte. Sie spiegelt große Teile der Welt in ihrem Völkergemisch, im Gemisch der Hautfarben, Herkunft, Religionen, Kulturen, Mentalitäten. Sie funktioniert und vibriert polyzentrisch. Sie versichtbart das Gesagte im Zeichen der Gleichzeitigkeit, sie ist das Exemplar der Verräumlichung von Zeit.

In Lobeslettern ausgedrückt:

Sie ist die gewaltigste Verdeutlichung von Leben, Lebensgetümmel. Sie ist die komplexeste Verdichtung von Wirklichkeit und Gedächtnis, ein hermetisches Gedicht. Und die leuchtendste Summe von denkbarer, nein, unausdenkbarer Gegenwart, ein anarchisches Geräusch. Sie ist Synonym von Fremde, Fremde als Verlockung. Sie ist die fremde Geliebte, die nie zu erobern sein wird, die Betörung. Gegenstand unaufhörlichen Wünschens. Übermacht Ewigkeit. Ihre Mauern lösen deine Erinnerung ein.

Drittens die brodelnde Ideenküche oder, wie es einst hieß: die Lokomotive des Fortschritts. Das Laboratorium der Zukunft. Aufgrund des unabsehbaren Innovationspotentials, aufgrund der Ballung geistiger Kräfte und des Wettbewerbs ist die Weltstadt Magnet für den unternehmerischen und vor allem schöpferischen Zeitgenossen.

Der Gegensatz zur Weltstadt hieß verächtlich Provinz. Wer aus der Kleinstadt, einer Provinzhauptstadt oder auch regionalen Großstadt in die Weltstadt aufbrach, wollte die Provinz abstreifen und ein Mann von Welt werden, was immer auch einschloß, sich auf die Höhe der Zeit zu schwingen oder doch ihren Puls zu messen. Die Hoffnung war ferner, sich selber ans Licht zu bringen und sein Glück zu machen. Und hinter allen Verheißungen winkte die Verlockung der Freiheit.

Paris war die Hauptstadt des 19. Jahrhunderts, alles ging anscheinend von Paris aus, was neu war und Weltgeltung beanspruchen durfte, die Lebensart, die Mode, sogar die Liebeskunst, die geistige, die künstlerische Innovation. Als gelernter Kunsthistoriker beschränke ich mich zur Illustration des Phänomens auf das Geschehen innerhalb der bildenden Kunst, beginnend mit dem Realismus der Freilichtmaler, die den Kanon der höfischen und mythologischen Themen sprengten und sich einer neuen Wirklichkeitseroberung zuwandten, die über den Impressionismus samt Pointillismus, Divisionismus, Symbolismus, die Nabis, die Fauves, die sogenannte Art nègre bis zum Kubismus und Surrealismus führte, bis zur abstrakten Kunst mit Inhalten und Vorstellungen, die sowohl mit der Relativitätstheorie wie mit der Tiefenpsychologie korrespondieren. Eine erstaunlich lange Reihe künstlerischer Revolutionen, die ohne die Französische Revolution, d. h. die Zertrümmerung der Monarchie und die Erstreitung der republikanischen Freiheit und bürgerlichen Gedankenfreiheit, nicht denkbar ist. Eine vergleichbare Avantgarde hat ja auch die Russische Revolution vorübergehend hervorgebracht. Paris war der Vorort künstlerischer Innovation weit in unser Jahrhundert hinein, wenn auch mehr und mehr überschattet von angloamerikanischen Brennpunkten – insbesondere New York und später London, der Hauptstadt der Pop- und Jugendkultur –, von welchen eine mächtigere Strahlkraft ausging. Bis zu Beckett und Picasso blieb Paris ein kultureller Mittelpunkt. Bei der Nennung dieser Namen sei kurz auf eine weiteres Phänomen der künstlerischen Ballungszentren hingewiesen, ich nenne es die Funktion der Entbindungsanstalt. Beckett wie Picasso sind erst in Paris zu ihrem Eigensten gekommen, wie viele andere, wie van Gogh.

Van Gogh wäre ohne Paris womöglich ein holländischer Genre- und Schwarzmaler geblieben, wenn auch ein bemerkenswerter. In der Konfrontation mit der damaligen impressionistischen Avantgarde hat er innerhalb von zwei Jahren nicht nur zu seinem Stil, sondern zur Farbe gefunden und kurz danach zu einer Kunst, die ihn neben Cézanne zum bedeutendsten Neuerer der damaligen Moderne werden ließ.

Ähnliches könnte man über Rilkes Paris-Erfahrung und seine Lehrzeit bei Rodin sagen, über die Amerikaner der *Lost Generation*, über Hemingway, Fitzgerald, Ezra Pound, Henry Miller, vor allem über den Kreis um Gertrude Stein, James Joyce, über die russischen und polnischen Emigranten seit den Tagen von Chopin, Adam Mickiewicz, Alexander Herzen, Turgenjew bis zur Epoche von Bunin, Chestov, Berdjajew, Nabokov.

Von dieser Weltstadt ist heute kaum mehr etwas bemerkbar. In den fünfziger Jahren, zu Zeiten von Picasso, Beckett und Sartre, als die legendären Cafés wie Coupole, Sélect, Rotonde, Closerie des Lilas noch den Montparnassiens und das Deux Magots und Flore dem existentialistischen Saint-Germain und nicht den Touristen gehörten, war noch etwas von dem weltbefeuernden schöpferischen Herzschlag von Paris zu spüren, es war sowohl Aufruf wie Schutzmacht. Paris, ein Laboratorium der Zukunft?

Allenfalls in der Architektur, wo die Zerstörung von Altem und die Schaffung neuer Lebenszentren auf spektakuläre Weise sichtbar werden. Ich halte mich zur Beschreibung dieses Sachverhalts bei den einstigen Hallen auf.

Was war das Alte, und was ist das Neue?

Die Mitte des 19. Jahrhunderts von Baltard erstellten Eisenkonstruktionen waren nicht nur ein herrliches architektonisches Schaustück, sie waren ein Zentrum pariserischen Nachtlebens. Wer vom nokturnen Treiben nicht genug bekommen konnte, machte sich auf zu den Hallen. Da waren alle Zufahrtsstraßen und engen Gassen von Lastzügen verrammelt und von Kisten und Tonnen verstopft; das ganze Viertel quoll über von Gemüse und Früchten, Fisch und Fleisch und Blumen; es war die Lebensmittelversorgung der Riesenstadt, es war die Fütterung des Bauchs von Paris, und es war Kirmes. Denn die Händler und Einkäufer, die Lastwagenfahrer und Handlanger wollten ja ihrerseits versorgt und verwöhnt sein, darum waren alle Bistros und Brasserien in Betrieb. Zur nächtlich poltrigen Szene gehörten die Frauen der Nacht, die Huren, die ihr Fleisch, ihre Gunst anboten. Und zu diesem von Naturprodukten strotzenden, von Arbeit und Geschäft, Händel und Fest lärm- und dufterfüllten Umschlagplatz strömten die letzten Bummler und Vergnügungssüchtigen auf der Suche nach einer Zwiebelsuppe, einem letzten Schluck, einem Glück oder Rock. Und bestimmt gab es unter ihnen Dichter und Revolutionäre,

Verliebte und Selbstmörder. Studenten und arme Künstler arbeiteten als Kistenschlepper ihre Nachtschicht ab.

Das ist für immer verschwunden. Was danach folgt, das Forum des Halles, zeigt sich oberirdisch als ein Volkspark mit Bäumen, Pavillons und Portalen in einer nostalgischen, an Treibhäuser und Vergnügungsbauten aus der Gründerzeit angelehnten eher faden Eisenarchitektur, die in einen Wall von überwölbten, dunkel verspiegelten Wandelhallen mündet. Alles Wichtige ist in die Tiefe verlegt rund um eine versenkte Piazza und in etlichen Rängen immer weiter ins Unterirdische bis hinunter zu Metro und Vorstadtbahn. Das Ganze ist ein Konsum- und Unterhaltungsparadies in Glas und Neon, Eldorado für Touristen und die aus den öden Gürteln der Vorstädte angelockten Abkömmlinge der dritten Welt, für eine menschliche Fauna, die in ihrem bizarren Äußeren bisweilen das Extraterrestische streift und die in den Erscheinungen von Verelendung, Obdachlosigkeit den von König Alkohol spendierten Schlaf vorwegnimmt oder den Drogentod mästet. Luxus und Extravaganz mischen sich übergangslos mit der »Freiheit« der Vertriebenen, Abgeschriebenen; und natürlich auch mit der Kriminalität.

Diese ganze Szene korrespondiert über den Boulevard Sébastopol hinüber mit der noch spektakuläreren des Centre Pompidou. Stolzer Bauherr des Hallenforums ist Jacques Chirac, während sich im nationalen »Beaubourg« (vom Volksmund auch Notre-Dame-de-la-Tuyauterie geheißen) Präsident Pompidou ein Denkmal gesetzt hat. Das Centre National d'Art et de Culture Georges Pompidou ist eine schraubstangen- und röhrenstarrende, von Schläuchen umwundene, teils metallisch blinkende, teils knallfarbig auffallende »Fabrik«, ein Anklänge an Rohrpost und Staubsauger und Meccano und Schiffssirenen vermengendes poppiges Architektur-Möbel, das den Funktionalismus ironisch übertreibt und pervertiert. Multipack oder Mehrzweckfabrik auch im Innern, ein gigantischer Selbstbedienungsladen in

Sachen Kultur, moderne Pinakothek, Bibliothek, Cinemathek, Videothek mit Sälen für Wechselausstellungen, Vorträge, Vorführungen, Musikaufführungen und weiteres, mit Zeitungsarchiven, Cafébars, Restaurants, Aussichtsterrassen kombinierend; Studium und Spaß, Belehrung, Wissen, Information, Unterhaltung jedermann zugänglich, eine demokratische Bildungs- und Happening-Anstalt, vor Kreativität aus allen Nähten platzend, die den Benutzer zum Mitspieler, zum Akteur macht und noch die weitere Menschheit auf dem riesigen Vorplatz ansteckt und in Mitleidenschaft zieht, der Vorplatz eine Arena für Mimen und Feuerschlucker, Musikgruppen, Prediger, Gaukler und Taschendiebe. Auch hier heißt die Losung Massenversorgung; das Zentrum verzeichnet immer neue Besucherrekorde. Man sieht die Pilger in Heerscharen das Beaubourg belagern, und man sieht sie in durchsichtigen Röhren, die die Rolltreppen umhüllen, an den Außenwänden emportreiben: Menschengut in Staubsaugerschläuchen, eingesaugt und ausgepumpt. Wer im Falle der Hallen zerstörtes Quartierleben bedauert, muß immerhin zugeben, daß das, was folgte, für neuen Lebensausschlag, für neue Hektik und Zentrik gesorgt hat, womöglich verrückter als auf dem Washington Square in Manhattan.

Pompidou ließ den Abbruch der Hallen zu und baute Wolkenkratzer und Schnellstraßen, er setzte zukunftsweisende technokratische Wahrzeichen in das den Geist des 19. Jahrhunderts und der Vorkriegszeit atmende Stadtbild.

Nach dem damals höchsten Gebilde, der Tour Maine-Montparnasse, die das Ende des alten Montparnasse-Bahnhofs bedeutete und viel früheres Quartierleben zerstörte, ist der Wald von Türmen im Viertel »La Défense«, eine Art Schachbrett mit gigantischen Architekturspiegelfiguren, ein hochschwankendes Figurenkabinett, elegant bis verspielt, von hoher Künstlichkeit und Abstraktion. Das Irisierende der äußeren Erscheinung entspricht der Undurchsichtigkeit der in derlei Verwaltungsgebäuden verborgenen Besitz- und Machtverhältnisse.

Pompidous Nachfolger Giscard d'Estaing verfügte einen Baustop für Wolkenkratzer. In seine Regierungszeit fällt die Aufnahme des Orsay-Bahnhofs unter die schützenswerten Baudenkmäler. Die zwei Septenate der Mitterrand-Regierung waren von einer mit anspruchsvollen urbanistischen Konzepten verbundenen Bauwut geprägt, die man, wenn nicht der sonnenköniglichen, so doch derjenigen von Baron Haussmann, Präfekt unter Napoleon III., an die Seite zu stellen versucht ist, der laut Zola, die Stadt mit Straßendurchbrüchen und Boulevards »wie mit Säbelhieben« zerstückt, viel mittelalterliche Substanz getilgt und das Stadtbild des 19. Jahrhunderts geschaffen hat.

Zwei widersprüchliche Ambitionen leiteten den Bauherrn Mitterrand: einerseits die Denkmalsetzung sowohl zu selbstherrlichen Zwecken wie zur Steigerung der Anziehungskraft von Paris, das sich als Hauptstadt des künftigen Europa in Vorschlag bringen und erneut kultureller Leuchtturm werden sollte. Seiner Meinung nach besteht eine direkte Verbindung zwischen der Größe der Architektur, ihren ästhetischen Qualitäten, und der Größe eines Volkes. Das französische Trauma der Grande Nation. Als sozialistischer Landesvater dachte er andererseits aber auch an die Lebensqualität der Stadtbewohner und kreierte neue Ausschlagspunkte mitten in den bislang vernachlässigten Ostgebieten der Stadt, und dann wagte er sich mit den Satellitenstädten an das Sanierungsprogramm der Banlieue. Hier die Liste der gigantomanischen Mitterrand-Taten, auch »die sieben Pyramiden« des Präsidenten genannt:

Die Oper an der Bastille, die Volksoper, das modernste (wenn auch ästhetisch gesehen wenig überzeugende) Opernhaus der Welt, doppelt so groß wie das alte Palais Garnier. Womit das ganze Bastille-Viertel vitalisiert und ein pariserisches Soho wurde.

Der Volkspark auf dem ehemaligen Schlachthofgelände »La Villette« mit den »Folies« genannten vorfabrizierten roten Pavillons »für spontane Feste« und dem 35 m hohen Kugelkino »La Géode« und der avantgardistischen »Cité de la Musique«.

Das Haus der Wissenschaft, auf demselben Areal, das größte Technologiemuseum der Welt.

Der Groß-Louvre mit der gläsernen Eingangspyramide in der Mitte der Cour Napoléon und einer ungeheuren unterirdischen Anlage, die ein wahrhaft enzyklopädisches Museum umfaßt (wiederum das größte der Welt) und darüber hinaus einen Komplex von Dienstleistungsorganen in der Größenordnung einer kleinen Stadt mit Läden, Postbüros, Bank, Wechselstuben, Auditorium, Versammlungs- und Aufenthaltsräumen, Restaurants, Bars, Buchhandlung, Babyecke und Sälen für Wechselausstellungen etc.

Der 110 m hohe Triumphbogen der Menschheit im Wolkenkratzerviertel »La Défense«, der die kaiserliche Achse von den Tuilerien über den Obelisken der Place de la Concorde, die Champs Elysées, den Etoile-Platz mit dem napoleonischen Triumphbogen über die Avenue de la Grande Armée grandios verlängert.

Das Museum d'Orsay im alten Bahnhof unweit des Grand Palais, mit dessen Eisenkonstruktion es nahverwandt ist: Museum des 19. Jahrhunderts. Es zeigt Malerei und Plastik im Zusammenhang mit Architektur, Fotografie, Innenausstattung, und zwar unter Berücksichtigung der sozialen Bewegungen, und schließt die Lücke zwischen Louvre und dem Centre Pompidou.

Die neue Nationalbibliothek, die den Namen François Mitterrand, der ein hochkultivierter Homme de Lettres war, zu Recht trägt. Ein spektakuläres Glashochhausgebilde in Anlehnung an die Form von vier aufgeschlagenen Büchern mit einem veritablen Wald im von den Türmen ausgesparten Binnenraum, natürlich wiederum superlativisch konzipiert:

die größte Bibliothek der Welt. Sie wird eine beachtliche Sanierung und urbanistische Aufwertung in dem unansehnlichen Bercy-Stadtteil im 13. Bezirk nach sich ziehen.

Kann man diese Architekturgroßtaten als Laboratorium der Moderne bezeichnen? Es ist nicht uninteressant festzustellen, daß viele dieser Neuschöpfungen der Museumsgattung angehören, allerdings: Museum als Gesamtkunstwerk, als Ort populärer Unterhaltung, als Bahnhof. Die Museumsneubauten in den USA und Europa sind Legion. Zumal die achtziger Jahre waren eine Periode der Musealisierung und des Historisierens, auch des bauhistorischen Zitats und Eklektizismus.

Das eine ist unbestreitbar, insbesondere für die hier erwähnten französischen Beispiele: Sie verzeichnen Besucherrekorde im Weltmaßstab, sie modernisieren die Physiognomie der Stadt, sie bringen Leben in die alte Innenstadt. Doch was ist mit der Zone von Groß-Paris, mit deren Sanierung? Für die Banlieue hat bisher keine Regierung eine Lösung gefunden. Auch der Kranz der sogenannten »Villes nouvelles«, die mit viel postmodernem Spektakel die öden »Grand Ensembles« ablösten, schafften keine Abhilfe. Die Unterbringungsgürtel der Vorstädte sind seelisch gesehen wahre Kulturen für alle Arten von Giftpilzen: für Freudlosigkeit, Langeweile, Intoleranz, Bosheit, für Hoffnungslosigkeit und Lebensfeindlichkeit als Prinzip. Besonders am Abend überfällt's einen, wenn das bißchen Lebensschauplatz, das der Tag hergab, erlischt. Jetzt stehen die Kasernen in Reih und Glied, aschgrau und resigniert an den ausgestorbenen Straßen, die die paar Laternen noch elender erscheinen lassen. Sollte der Bewohner sich ins Treppenhaus wagen, dann beschleicht ihn ein Gefühl des Unerlaubten. Und Furcht. Die lauschenden Wände, die Drohung der verschlossenen Wohnungstüren, die Unnatur solcher Ordnung unter dem Zeichen des Verbots. Die Isolierung. Der Hausgenosse empfindet die zahllose Multiplikation seiner Wohnsituation, die Gleichschaltung. Er weiß sich in einer Überwachungsanstalt. Im Ghetto, was so viel bedeutet wie Lebensausschluß. Im Kreislauf des Einerleis scheint das Leben nicht nur bis zur Unansehnlichkeit verkümmert, sondern mit einem Grauschimmel überzogen. Derlei Zonen können als emotionale Leprastationen empfunden werden, besonders von der Jugend, die naturgemäß nach Herausforderung und Erleben giert, nach Mutproben, Intensität. Das unbeantwortete Bedürfnis stillen Bandenwesen und Kriminalität, und manchmal bricht sich der innere Stau in Aufständen von bürgerkriegsähnlichem Ausmaß Bahn. Diese Jugendlichen, häufig Kinder von arbeitslosen Eltern anderer Sprache, anderer Kultur, sehr oft Analphabeten, ihrerseits Versprengte ohne Verständnis und Autorität und keine Vorbilder, sind eine verlorene Generation ohne Ausbildung, ohne Eingliederungschance, ohne Zukunft, gewissermaßen vorbestimmt für einen Lebenskampf außerhalb des Gesetzes. Die Vorstädte sind Auffanglager der eingeströmten Armut aus aller Welt und Ballungsgürtel von so bald nicht absorbierbaren Menschheiten. Sie bilden ein permanentes Aufstandspotential. In Paris ist der Graben zwischen lebenvibrierender Stadt und gefährlicher Ödnis der Vorstädte nicht überwunden. Es bleibt ein ungelöstes Problem, kein spezifisch französisches im übrigen, sondern ein globales.

Zu den eingangs erwähnten Charakteristiken der Weltstadt oder Metropole gehört für unsere Zeit das bisher nirgends bewältigte Problem der Immigration aus unterentwickelten Ländern, ein wahrhaft weltbedeutendes insofern als es die Polarisierung von arm und reich auf gefährlich leibhaftige Weise widerspiegelt.

Die Weltstadt – ein Laboratorium der Zukunft?

Es sei mir gestattet, diese Frage an meinem eigenen Fall zu erörtern, nach über zwanzigjährigen Erfahrungen in der Metropole Paris.

Ich habe mir in der langen Zeit in Paris einen Namen gemacht, ich bin eine Stimme geworden im frankophonen Raum, so daß meine Bücher, wie einmal ein Fernsehmann verkündete, zum französischen Patrimonium gezählt werden. Ich habe mich der französischen Kultur eingeschrieben. Ich frage mich, inwiefern ich diesen Umstand, besser wäre: dieses Glück der Selbstverwirklichung, dem Phänomen Paris verdanke.

Ich bin hier in keine künstlerische Schule gegangen, ich habe keinen Anschluß an Bewegungen oder Gruppierungen gefunden, es gab keine hilfreiche Nachbarschaft zu wahlverwandten Künstlern oder Intellektuellen, die Herausforderung oder fruchtbarer Wettbewerb oder Zusammenschluß der Kräfte bedeutet hätte; nichts, das den Existenzialisten, der Gruppe rund um den Nouveau Roman oder der Oulipo-Gruppe um Queneau und später Georges Perec an die Seite zu stellen wäre, ganz zu schweigen von dem früheren mächtigen Beispiel der Surrealisten. Ich halte mich fern vom Literaturbetrieb, es gibt auch keine Szene, und wäre es eine Emigrantenszene, mit vergleichbaren oder verbrüdernden Flüchtlingshintergründen, der ich mich zugehörig fühle. Ich kenne eine Anzahl Schriftstellerkollegen, die ich sporadisch treffe oder denen ich über den Weg gelaufen bin. Im übrigen frage ich mich, ob es in Paris heutigentags Bewegungen, Schulen, Zentren, Gruppierungen oder Phalangen, wie wir sie aus der Geschichte kennen, ob es in diesem Sinne »das Laboratorium der Moderne«, als geistiges Ballungszentrum erfahrbar, überhaupt noch gibt. Die Zentren oder Laboratorien sind nicht mehr an einige Metropolen, sondern an weltweit verstreute Ausschlagsorte gebunden, ihretwegen braucht es keine Wallfahrten mehr, es ist keine Stilverspätung zu befürchten, die Ballung steckt heute vermutlich im Computer und ist von jedermann oder doch von allen mehr oder minder Eingeweihten abrufbar.

Ich will damit sagen, daß ich nicht um solcher Attraktivität willen in Paris bin, so wie beispielsweise das *swinging*

London der Carnaby Street und der Pop- und Flower-Power-Bewegung, das ich von regelmäßigen mehrmonatigen Aufenthalten zwischen 1967 und 1972 gekannt habe, für meine eigene Entwicklung ohne Folgen blieb. Auf der Höhe *jener* Zeit habe ich mich nicht zu schwingen versucht, und das damalige spektakuläre und, wie mir bewußt ist, folgenreiche Kulturphänomen hat in meiner Arbeit keine Spuren hinterlassen. Es hat mich zwar nicht kalt gelassen, es war eine geballte Herausforderung wie für jeden hellhörigen Zeitgenossen, doch war es, im Unterschied zu vielen anderen, für mich kein Zug, der mich mitgenommen hätte, keine Brutstätte. Auch kein Jungbrunnen. Es hat mich allenfalls zu einer Revision meiner Bewußtseinsstruktur angehalten.

Das eigene Gepäck: die tiefste Thematik (oder Forschungsrichtung) bringt jeder schöpferische Mensch mit, sie ist durch frühe Ursachen: Bedingungen der Geburt, Beschädigungen, Kränkungen, Entbehrungen, Webfehler ... und daraus entstandenen Utopien (oder genetisch) gegeben, sie ist dem einzelnen als Stachel eingepflanzt. Die Frage ist, mit welchen Ausdrucksmitteln er sie als Thematik seiner Zeit kenntlich zu machen vermag, in welchen zeitgemäßen Stoffen, in welchem Kontext er sie glaubhaft zum Leben erweckt. Es ist eine Frage des eingebrachten Lebensgefühls, ein Form-, ein Sprachproblem.

Die Frage ist ferner, welches Klima, welche Umgebung den individuell verschiedenen Hervorbringungsprozessen bekömmlich sind. Es gibt spezifisch kontraproduktive, weil repressive, und es gibt befreiende Bedingungen, die es erlauben, bis an die äußerste Grenze der eigenen Möglichkeit zu gehen. Lebens- und Erlebensbedingungen.

Ein Hemingway benötigte neben Großwildjagden in Afrika, Hochseefischfang und Stierkampf ganze Kriege, um seine Thematik der Todesangst und Mutprobe, der Bewährung, der Manneswürde im Untergang, alte existentielle Themen, aus Erfahrungen der eigenen Zeit in den Griff zu bekommen. Miller brauchte für seinen Hymnus auf das Leben, für seine mit Komik und Lachen durchsetzte Große Bejahung das alte Kulturpflaster von Paris, dessen Unterwelt und Unterleib, den Sexus.

Ich halte mich bei der Unterscheidung zwischen Stoff und Thematik auf, um mir darüber klarzuwerden, was mich an Paris kettet. Ein Teil meiner Bücher spielt in Paris, doch sind sie ja nicht einfach Paris-Bücher. Sie sind Einsamkeitsbücher, und meine Protagonisten sind Fremdlinge, Heimatlose, Irrläufer, Stadtstreicher, potentielle Untergeher, doch sind sie auch Wortstammler und Sprachkämpfer wider das Nichts. So sind meine Romane sowohl Emigranten- als auch fiktive Künstlerromane – der Künstler eine heutige Existenzfigur und das Sprachgewebe Abdruck einer Existenzmaske, wäre zu hoffen. Die Bedingung, die schöpferische Herausforderung heißt Fremde.

Die Fremde ist nirgends so verschwenderisch, so unnachgiebig und letzten Endes unaufhellbar vorhanden wie in der uferlosen Stadt. Für einen, der sich allenfalls einen Spezialisten des Erlebens, doch nie einen Siedler im Staate Wirklichkeit nennen könnte, kann es keinen passenderen Ort geben als die uferlose Stadt. Wenn die Noia nach ihm greift, droht das Dunkel wie bei Stromausfall. Er muß darum sein Erleben schüren und sein Mitgefühl bis zur Hochstimmung reizen, um nicht aus der Welt zu fallen. Das kann er in der überwältigenden Stadt. Sich an ihren Flanken reiben, heißt so viel wie zu Leben kommen.

Weltstadt als große Fremde. Fremde als die großzügigste und anspruchvollste, die verlockendste, die alles versprechende und nie zu habende Heimat. Die Hoffnung.

Nun ist diese Dimension in allen weltbedeutenden Städten zu finden, nicht nur in Paris. Ich nenne sie behelfsmäßig das Sfumato. Der Begriff taucht in der Kunstgeschichte auf zur Bezeichnung der mit verschwimmenden Umrissen arbeitenden Malweise Leonardo da Vincis und seiner Schule, einer Optik und Technik, die den Gegenstand wie durch einen Dunstschleier erscheinen läßt. In meinem Sinn steht er für die Auflösung der festen Konturen, Pläne, Tiefenpläne. Für ein Zittern und Verzittern, das Ineinanderschwimmen von Nah und Fern, Vergangenheit und Gegenwart, für ein Umspringen der Wirklichkeit und einen illusionären Braunton, der mit dem Gedächtnis des Traums zu tun hat. Es ist das Versinken in eine Traumwirklichkeit, und der Traum ist der endlose Lebenstraum und, was er auslöst, Verzauberung. Hier sollst du ruhig eintauchen, hier sollst du nie genug haben, hier sollst du untergehen.

Wie gesagt, jede Metropole atmet diese Dimension, warum heißt der Ort in meinem Falle unabdingbar Paris?

Es hängt mit meinem Paris-Traum zusammen, er ist mir in früher Jugend, im Gymnasiastenalter, eingeimpft worden. Es ist ein Schönheitstraum und ein Totalitätstraum, er ist von Eros erleuchtet und von zahllosen Künstlerviten bevölkert. Er stillt das Verlangen meiner Urbomanie, auch Erotomanie, und gibt mir den Mut, mir einen eigenen Lebensroman zuzuschreiben und meine nihilistischen Irrläufer und Stadtwanderer das Experiment eines Künstlerschicksals oder doch einer poetischen Existenz leben zu lassen. Meine Bücher sind Autofiktionen.

Ein nostalgischer Traum, zugegeben. Eine Chimäre, ich weiß. Doch ist er mein innerer Befehl. Er hat für mich dieselbe Funktion wie in Orson Welles' Film *Citizen Kane* der armselige unwiederbringliche Schlitten der Kindheit namens »Rosebud«. »Ich muß meinen Traum immer neu zusammenflicken, um fliegen zu können«, heißt es in meinem Buch *Im Bauch des Wals*. Ich muß mir Paris in täglichen leibhaften Übungen unausgesetzt anverwandeln, um den Traum oder das Movens meines Schreibens wachzuhalten. Vielleicht heißt die Chimäre in Wirklichkeit Utopie.

Auf die Frage, ob die Metropole Paris noch als ein Laboratorium der Zukunft zu betrachten sei, weiß ich keine befriedigende Antwort. Ich konnte nur auszuführen versuchen, was mir diese Nährmutter der Metropole bedeutet. Es ist eine Art geistiges Heimatangebot. Städte wie Paris und London sind uns über die Literaturen, die Musik, den Film, die Kunst und die Popkultur zu eigen, nämlich nicht nur wichtige Topoi, sondern Provinzen des eigenen Wesens geworden. Wir kehren zurück, wenn wir uns zu Besuchen aufmachen.

Einmal schrieb ich: »Wenn ich unterwegs zu meinem Arbeitsraum in das steinerne Universum eintauche und der endlose Film abläuft, die Straßen mich aufnehmen, ergreifen, anrufen mit den Tausenden von Gesichtern und mit den Menschen in den Straßen, die Fahrt eine Weltreise, und es in mir zu respondieren beginnt, die Gedanken zu zirkulieren anheben und die Flammen des Erkennens und Wiedererkennens hochzüngeln, sie erzeugen den inneren Flächenbrand; und ich selber die Stadt werde; das stadtgewordene Bild der Menschheit, die Gestalt dessen, was man – ohne Abstrich, ohne Zögern – als die Kultur Europas begreift, die Stadt, die bedeutendste Schöpfung der Menschheit, das tiefste Heimatangebot, der Stoff, aus dem wir gemacht sind: dann ist an ein Weggehen nicht mehr zu denken.«

1999

Chronologie zur Biographie

1929   Am 19. Dezember in Bern geboren
Der Vater, ein Chemiker, Forscher und Erfinder, aus Riga in die Schweiz emigriert
Die Mutter Bernerin
Jugend und Schulbesuch in Bern
Ursprünglicher Berufswunsch: Schriftsteller
Als Gymnasiast Ferienaufenthalte in Paris. Reisen nach Venedig, Genua, Florenz
Frühzeitige Hinwendung zur Kunst als »Schule des Sehens«

1949/51 Zwei »Lehr- und Wanderjahre«
Früher Ausbruch: Reise nach Kalabrien
Brotarbeiten für den Rundfunk

1951   Beginn des Studiums der Kunstgeschichte, Archäologie und deutschen Literaturgeschichte in Bern
Nebenarbeit als Werkstudent

1952   Übersiedlung nach München
Studium (Sedlmayr, Buschor)

1953   Heirat in München, Rückkehr nach Bern. Halbtagsassistenz am Berner Kunstmuseum

1954   Geburt des Sohnes Valentin

1955/56 Aufenthalt im Spessart, als Klausur für Ausarbeitung einer Dissertation über Vincent van Gogh
Reise nach Holland

1956   Geburt der Tochter Valerie

1957   Studienabschluß mit Promotion zum Dr. phil. (Dissertation: *Die Anfänge Vincent van Goghs. Der Zeichnungsstil der holländischen Zeit*)
Anstellung als Assistent am Bernischen Historischen Museum (bis 1959)
Berner Kunstkorrespondent der *Neuen Zürcher Zeitung*
Auseinandersetzung mit der Avantgarde
Entstehung von *Die gleitenden Plätze*

1959   Der Kurzprosaband *Die gleitenden Plätze* erscheint

1960	Als Mitglied des Schweizer Instituts in Rom Endgültiger Beschluß, Schriftsteller zu werden Bekanntschaft mit Max Frisch
1961	Ruf an die *Neue Zürcher Zeitung* als Leiter der Kunst-kritikredaktion Übersiedlung nach Zürich. Als Journalist mehrmals in Paris, bei der Biennale in Venedig und vor allem in Barcelona (s. *Untertauchen*) Aufgabe des Redaktionsamtes nach acht Monaten Erste Pläne für *Canto*
1962	*Canto* entsteht (Verarbeitung des Rom-Aufenthalts) Als Gast der Gruppe 47 in Berlin: Erfolg mit einer Le-sung aus *Canto*
1963	*Canto* erscheint Niederschrift einer Biographie Johannes Ittens, die nach seinem Tode infolge des Einspruchs der Witwe nicht er-scheint (ein Fragment daraus später in *Diskurs in der Enge*) Gast der Gruppe 47 in Saulgau Geburt des Sohnes Boris Kasimir
1964	Beginn der Arbeit an dem Projekt *Haus und Schiff* (end-gültiger Titel: *Im Hause enden die Geschichten*) Wiederaufnahme der Kunstkritikertätigkeit (bis 1971), unter anderem für *Die Weltwoche* und *Zürcher Woche* Aus diesen Arbeiten entstehen die Bücher *Lebensfreude in Werken großer Meister* (1969), *Friedrich Kuhn – Hungerkünstler und Palmenhändler* (1969), *Diskurs in der Enge. Aufsätze zur Schweizer Kunst* (1970) und *Swiss made. Portraits, Hommages, Curricula* (1971) Bekanntschaft mit Elias Canetti Preis des Kantons Bern Ehrengabe der Stadt Zürich
1967	Werkjahr der Stiftung Pro Helvetia
1967/72	Zahlreiche Auslandsaufenthalte zum Schreiben: unter anderem London, Paris, Italien
1969/70	Gastdozent an der Architekturabteilung der Eidgenössi-schen Technischen Hochschule Zürich. Reise nach Prag
1970	Ehrengabe des Kantons Zürich

1971	*Im Hause enden die Geschichten* erscheint
	Von jetzt an ausschließlich Erzähler
	Preis des Kantons Bern
	Anerkennungsgabe der Stadt Zürich
1972	Aufenthalte in Rom, Oslo, London
	Untertauchen erscheint (Verarbeitung eines Spanien-Erlebnisses von 1961)
	Conrad-Ferdinand-Meyer-Preis
	Anerkennungsgabe des Kantons Zürich
1973	Aufenthalte in London, Paris und in der Toskana
	Zweite Heirat in Zürich
	Plan eines Städte-Buches, das sich im Rückblick als Vorarbeit für *Das Jahr der Liebe* verstehen läßt
	Statt dessen:
1974/75	Niederschrift des *Stolz* (Verarbeitung der Spessart-Episode von 1955/56). Werkjahr der Stadt Zürich
1975	*Stolz* erscheint
	Ostasien-Fahrt
	Bremer Literaturpreis
1976	Lesereisen mit *Stolz* in Deutschland, Österreich und der Schweiz
	Aufenthalt in Apulien und Rom
1977	Erste Aufenthalte im Pariser »Schachtelzimmer« (später dargestellt in *Das Jahr der Liebe*)
	Lesereisen mit *Stolz* in England und Irland
	Übersiedlung nach Paris
	Herausgabe von *Van Gogh in seinen Briefen* im Anschluß an die Briefe in *Stolz*
	Werkjahr der Stiftung Pro Helvetia
	Untertauchen als Fernsehfilm (ZDF)
1978	Amerikareise. Lesereise durch Österreich
1979	Aufenthalt in Serrazzano/Pisa (später verarbeitet in *Aber wo ist das Leben?*)
	Publikation von *Hans Falks Skizzenbücher aus dem Woodstock Hotel, Times Square, New York*
	Beginn der Arbeit an dem Projekt *Die Taube* (spätere Titel: *Aber wo ist das Leben, Alleinsein in Paris*, endgültiger Titel: *Das Jahr der Liebe*)

	Zum 50. Geburtstag zusammen mit Siegfried Unseld in Paris
1980	Aufenthalte in London, Dublin, Rom und Berlin
	Dritte Heirat in Paris
1981	*Das Jahr der Liebe* erscheint (Verarbeitung von Erlebnissen der Jahre 1977/78)
	Aufenthalt in den Albaner Bergen und München. Werkjahr des Kantons Zürich
	Lesereisen in Deutschland und der Schweiz
1982	Preis der Schweizerischen Schillerstiftung
	Deutscher Kritikerpreis für Literatur
1982/83	Gast des DAAD (Berliner Künstlerprogramm)
	Entstehung eines autobiographischen Kurzfilms von Thomas Tanner
1983	Der Prosa- und Essayband *Aber wo ist das Leben* erscheint
1984	Gastdozent am Lehrstuhl für Poetik der Johann Wolfgang Goethe-Universität Frankfurt am Main
	Großer Literaturpreis der Stadt Bern. Reise nach Neapel und Pompeji
1985	Publikation von *Am Schreiben gehen. Frankfurter Vorlesungen*
	Beginn der französischen Übersetzungen (mit *L'Année de l'amour*). Aufenthalte in Rom und Wien
1986/89	Entstehung von *Im Bauch des Wals. Caprichos*
	Arbeitsaufenthalte im Burgund und in der Bretagne
1987	»Writer in Residence« an der Washington University in Saint-Louis/Missouri
	Reisen nach Florida, Pennsylvania und durch Kalifornien
	Arbeitsaufenthalt in Nîmes
1988	*Stolz* wird der Preis des Senders »France Culture« für das beste ausländische Buch zugesprochen. Tod der Mutter
	Ernennung zum Chevalier des Arts et des Lettres
1989	*Im Bauch des Wals* erscheint
	Reise nach Tanger. Geburt des Sohnes Igor Odilon Maximilien
	Torcello-Preis der Peter-Suhrkamp-Stiftung. Lesereisen

1990	Neuauflage des Erstlings *Die gleitenden Plätze*
	Der Sammelband *Diskurs in der Enge. Verweigerers Steckbrief. Schweizer Passagen* erscheint. Aufenthalt in Madrid
	Marie-Luise-Kaschnitz-Preis
1991	Publikation des Sammelbands *Über den Tag und durch die Jahre. Essays, Nachrichten, Depeschen*
	In Frankreich erscheint ein Buch über Goya. Aufenthalt in der Toskana
	In Montréal Ehrengast des dortigen Salon du Livre
1992	Großer Literaturpreis der Stadt Zürich. Aufenthalt in Algier
1993	Wahl zum Stadtschreiber von Bergen-Enkheim. In Graz, Weimar, Zagreb, Split, Düsseldorf zu literarischen Anlässen
1994	Längere Aufenthalte in Bergen-Enkheim
	Zusammenstellung des ersten Journals mit Maria Gazzetti
	Das Auge des Kuriers erscheint
	Großer Literaturpreis des Kantons Bern
1995	Reise durch die USA
	Publikation des Journals *Die Innenseite des Mantels*
	Lesereise durch die deutschsprachigen Länder sowie Belgien und Holland
1996	Aufenthalte in Budapest, Wien und Südtirol
	Erich-Fried-Preis
1997	Beginn der Arbeit am 1992 begonnenen und wieder verworfenen Roman *Hund. Beichte am Mittag*
1998	*Hund. Beichte am Mittag* erscheint
	Neuausgabe des Goya-Buches unter dem Titel *Figurants fugitifs* in Frankreich
	Aufenthalt in Neapel und Positano
1999	*Gesammelte Werke* (7 Bände) erscheint. Besuche in Prag, Bonn, Brüssel, Den Haag und Wien
	Zwei Projekte: *Salve Maria* und die Edition der Journale
	Verheiratet in dritter Ehe
	Vier Kinder

Nachweise

Der ferne Vater. Ein Gespräch über Väterbilder und Meisterfiguren mit Heinz-Norbert Jocks
Unveröffentlicht.

»Die Auseinandersetzung mit van Gogh war eine Initiation«. Ein Gespräch mit Heinz-Norbert Jocks
Erstveröffentlichung in: *Kunstform*, Bd. 140: Kunst und Literatur II, April-Juni 1998, S. 212-220

»Ich bin ein Hund meiner Zeit«. Ein Gespräch mit Peter Henning und Horst Sumerauer
Erstveröffentlichung in: *Akzente. Zeitschrift für Literatur.* 41. Jg. Heft 2, April 1994, S. 203-214

Erfahrung und Meinung eines Freischaffenden
Vortrag, gehalten auf der Tagung »Kultur im Gespräch« an der ETH Zürich am 29. September 1983
Unveröffentlicht.

Das Leben geben
Rede zur Entgegennahme des Marie-Luise-Kaschnitz-Preises der Evangelischen Akademie Tutzing am 11. November 1990.
Erstveröffentlichung in: *Text + Kritik. Zeitschrift für Literatur*, Heft 110: Paul Nizon, April 1991, S. 84-87

Über Romananfänge. Den Ton wählen – die Distanz bestimmen
Erstveröffentlichung unter dem Titel *Trouver le ton – fixer la distance* in: Bernhild Boie/Daniel Ferrer (Hg.): *Genèses du roman contemporain. Incipit et entrée en écriture*, Paris: CNRS Éditions 1993, S. 201-210

Meine Ateliers
Erstveröffentlichung unter dem Titel *Meine Ateliers. Eine Flaschenpost* in: *Akzente. Zeitschrift für Literatur.* 41. Jg. Heft 2, April 1994, S. 187-196

Ein verhinderter Romancier? Das Leben als Roman?
Erstveröffentlichung in: Martin Lüdke/Delf Schmidt (Hg.): »*Sieg-reiche Niederlagen*«. *Scheitern: die Signatur der Moderne, Ro-wohlt Literaturmagazin* 30, Reinbek bei Hamburg, September 1992, S. 138-146

»... *Weil das Untergehen die Sprache freimacht*«. *Ein Gespräch mit Peter Henning*
Erstveröffentlichung in: *Frankfurter Rundschau*, 4. Juli 1987

Paris, mon amour
Vortrag, gehalten auf dem Jahreskongreß des Wissenschaftszen-trums Nordrhein-Westfalen »Metropolen: Laboratorien der Mo-derne« im Forum der Bundeskunsthalle Bonn am 27. September 1999
Unveröffentlicht.